KB067321

아이들에게
배우는
삶의 지혜

아이들에게 배우는 삶의 지혜
이태은 지음

초판 인쇄 2021년 02월 25일
초판 발행 2021년 03월 01일

지은이 이태은
펴낸이 신현운
펴낸곳 연인M&B
기 획 여인화
디자인 이희정
마케팅 박한동
홍 보 정연순
등 록 2000년 3월 7일 제2-3037호
주 소 05052 서울특별시 광진구 자양로 56(자양동 680-25) 2층
전 화 (02)455-3987 팩스 (02)3437-5975
홈주소 www.yeoninmb.co.kr
이메일 yeonin7@hanmail.net

값 10,000원

ⓒ 이태은 2021 Printed in Korea

ISBN 978-89-6253-509-9 03810

* 이 책은 연인M&B가 저작권자와의 계약에 따라 발행한 것이므로 본사의 허락 없이는
  어떠한 형태나 수단으로도 이 책의 내용을 이용하지 못합니다.

* 잘못된 책은 바꾸어 드립니다.

세 아이들이 가르쳐 주는 삶에 대한 소중한 선물

아이들에게 배우는 삶의 지혜

이태은 지음

연인M&B

| 아빠 생각 |

아빠는 늦게 돌아와 조용히 열쇠로 현관문을 열었다.
엘리베이터의 멈추는 소리를 듣고
밍키가 현관 앞에 마중나와 있다.
밍키는 아빠의 얼굴을 보자 난리를 친다.
펄쩍펄쩍 뛰다가 아빠가 쉿 하며 손을 내밀면
방바닥에 발랑 드러눕는다.
그리고 너무 좋아 오줌을 찔끔 싸기도 한다.
아빠는 밍키의 그런 충성을 대견해한다.
몇 번의 어루만짐으로 밍키를 치하한 아빠는
발소리를 죽이고 가만히 안방 문을 연다.

온 가족이 방안에 옹기종기 누워 자고 있다.
상하는 팔을 아래로 내리고 엎드려 자고 있다.
상헌이는 반듯하게 누워 만세를 부르며 잔다.
그리고 상훈이는 옆으로 누워
두 팔을 기도하듯 모은 채 베개 밑에 넣고 잔다.
엄마 말로는 그러다가 아침이 되면
모두 아빠하고 자는 모습이 똑같아진다고 한다.
아빠는 몸을 굽혀 세 아들의 뺨에 하나씩 입을 맞춘다.
그리고 귀에 대고 사랑한다고 말해 주었다.

잠결에 아빠의 수염이 간지러운지 얼굴을 찡그리며
뺨을 긁적이는 아이들을 보며 아빠는 어릴 적 생각이 났다.

아버지가 밤늦게 돌아오셔서
술 냄새나는 뺨을 비비던 것을 기억해 본다.
잠결에 아버지의 그 따가운 수염이 싫었다.
그러나 오늘밤 아빠는 갑자기 아버지의 까칠한 수염이 생각났다.
한번도 아빠라고 불러 본 적이 없었고
아버지라는 메마른 호칭으로만 불러드렸다.
그래서 언젠가 결혼해 아이들을 낳으면
꼭 아빠라 부르게 하겠다던 생각이 났다.
한번도 아버지에게 사랑한다고 말해 본 적도 없었고
사랑한다고 들어 본 적도 없었다.
그러나 언젠가부터 아빠는 알게 되었다.
아버지가 벌써 오래전에
그 까칠까칠한 수염으로
사랑한다고 여러 번 여러 번 말씀하셨다는 것을….

2021년 새봄
이태은

공룡의 식사 습관

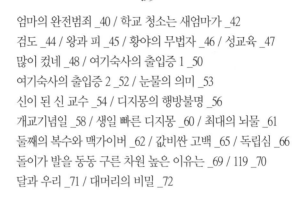

에피소드 2
엄마의 완전범죄

에피소드 3
미친 아빠

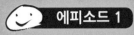 에피소드 1

공룡의 식사 습관

심각한 질문

네 살 상하는 질문이 많았다.
"엄마! 이거 뭐야?"
"엄마! 저거 뭐야?"
"엄마! 저거는?"
"엄마! 이거는?"

어느 날 상하네 가족은 새로 미용실을 차린
집사님 가게에 방문을 갔다.
신기한 것이 많은 미용실에 와서 그런지
상하는 갑자기 궁금증이 동해 질문을 해대기 시작했다.
"엄마! 저거 뭐야?"
"그건 가위."
"엄마! 이거는?"
"그건 물뿌리개야."
그때였다.
심방하시러 목사님이 사모님과 함께
미용실 문을 열고 들어섰다.
상하는 갑자기 목사님을 가리키며
"엄마! 저거 온다. 저거 온다."

새들의 화장실

어느 일요일, 아빠는 한참 열심히 차를 닦고 있었다.
까만 승용차는 다섯 살 상하가 보기에도
멋있을 만큼 번질번질 광이 났다.
하늘에는 진귀한 풍경이 펼쳐지고 있었다.
바로 집 옆의 산에 사는 하얀 백로들이 집을 짓기 위해
나뭇가지를 물어 나르고 있는 것이다.
이른바 자재 운반 중이다.
그런데 갑자기 날아가던 백로가 뭔가를 낙하시켰다.
똥이었다.
투하된 백로 똥은 그대로 방금 닦아 놓은
반짝반짝 빛나는 차 지붕 위에 보기 좋게 명중되어
그만 까만 차를 하얀 파편으로 덮어 놓고 말았다.
맥빠진 아빠가 중얼거렸다.
"짜아식들이…!"
아빠가 세차하는 걸 옆에서 보고 있던 상하가 말했다.
"아빠, 새들은 참 바보다 그지?
화장실에 가지…."

내 띠는

엄마가 여섯 살 상하에게 말했다.
"상하야! 너도 친구들처럼 태권도 배울래?
멋있잖아! 남자는 씩씩해야지."
"싫어! 무서워!"
"뭐가 무서워?
희상이는 하얀 띠고, 기식이는 파란 띠래.
그리고 찬이는 검은 띠라는데."
그러자 상하가 갑자기 얼굴이 밝아지며 말했다.
"엄마! 나도 띠 있지?"
"으~응?"
엄마는 고개를 갸우뚱하며 물었다.
"니가 무슨 띠가 있어?"
상하가 자신 있게 말했다.
"나, 백 말띠야!"

설거지는 샴푸로

상하는 4학년이 되고 나서
아주아주 가끔씩이지만 엄마를 도와드린다.
저녁을 먹고 나서 설거지를 하는 것이다.
앞으론 여자가 귀해 혹시라도 결혼을 못하면
남자도 부엌일을 할 줄 알아야 한다는 것이
평소 엄마의 지론.
게다가 아들들만 우글우글하다 보니
가끔씩 아빠가 도와주긴 해도
상하의 봉사가 엄마에겐 여간 고마운 것이 아니다.
저녁 식사 후 오랜만에
상하는 마음먹고 고무 장갑을 꼈다.
그런데 막상 세제가 보이질 않는다.
이리저리 찾다가 상하는 엄마에게 도움을 요청했다.
"엄마~아! 샴푸 좀 줘!"

독 간장

대하드라마 〈왕과 비〉는 온 가족이 즐겨 보는 TV프로다.
드디어 연산군의 어머니인 폐비 윤씨가
사약을 받고 죽는다.
다음날 저녁
"아빠! 아빠!"
여섯 살 둘째 상헌이가 다급하게 아빠를 불렀다.
"왜?"
"아빠! 아빠! 왕과 비 보지마아."
"아니 왜?"
"되게 무서워."
"뭐가?"
"왕과 비, 있잖아!
독 간장 먹고 아줌마 죽었어.
입에서 피 마~악 흘렸다.
그거 되게 짜."

부러진 고추

여섯 살 상헌이와 윤서는 언제나 사이좋게 논다.
두 살짜리 윤서는 엄마 아빠를 닮아
이목구비가 또렷한 보기 드문 미인 아기.
어느 날 윤서 엄마가 상헌이랑 신나게 놀고 있는
윤서의 옷을 갈아입히게 되었다.
속옷까지 갈아입히는 통에
그만 미인 아기씨의 몸매가 상헌이에게 들키고 말았는데
윤서 엄마가 상헌이에게
"상헌아! 우리 윤서는 고추가 없지?" 하고 묻자
상헌이, 한참 윤서를 뚫어지게 쳐다보더니
"윤서는 고추가 뿌러졌네!"

코끼리

같은 교회에 다니는 윤서 아빠는
다부진 몸매에 날카로운 콧대를 가진 기술자다.
어느 날 여섯 살 상헌이가
윤서네 집에서 놀다 화장실에 들어갔는데
그만 윤서 아빠가 쉬하고 있는 것을 보게 되었다.
집에 돌아온 상헌이가 하는 말
"엄마! 엄마! 윤서 아빠 고추는 코끼리다."

아빠의 이름

둘째 상헌이는 일곱 살이 되고부터
부쩍 아빠에게 전화하는 횟수가 늘었다.
이제 유치원에 들어가기 때문일까?
하루에도 여러 번씩 아빠 사무실로
혹은 아빠 휴대폰으로 전화를 건다.
그리곤 떼를 쓰는 것이다.
"아빠! 일찍 들어와! 일찍 안 오면 팍 차 버릴 거야!"
"아빠! 언제 와?"
"아빠! 빨리 들어와이~~!"(엄마의 사주를 받았는지?)
"아빠! 근데~~! 올 때 조청유과 사 와!"
"아빠! 치토스 사 와!"

어느 날 상헌이는 또 아빠 사무실로 전화를 걸었다.
"여보세요."
새로 들어온 상냥한 목소리의 조교 누나가
전화를 받았다.
"네, 이태은 교수님 연구실입니다."
갑작스런 여자 목소리에 당황한 상헌이
"근데~! 음~! 이태은 아빠 있어?"

밤에? 낮에?

아빠가 엄마와 통화하고 있었다.
갑자기 상헌이가 다른 전화를 들고 끼어든다.
"아빠! 아빠~아!"
여섯 살 상헌이는 숨넘어가는 소리로 아빠를 불렀다.
"왜~~? 둘째 아들."
아빠는 흐뭇해하며 물었다.
"아빠 몇 시에 오꺼야?"
"으…응… 10시에….."
"10시?"
잠깐 생각하던 상헌이가 다시 묻는다.
"음~~! 그럼…
아빠 밤에 오꺼야? 낮에 오꺼야?"

자전거의 업그레이드

여섯 살 상헌이가 드디어 자전거의 보조 바퀴를 뗐다.
사실은 아직 다리가 약간 짧아 무리가 있긴 하지만
자전거 타는 걸 배울 때가 되었다고 생각한 아빠가
슬슬 부추긴 것이다.
이윽고 모험심 강한 상헌이는 흔쾌히 동의하고
동네의 단골 자전거점에 가서 보조바퀴를 떼어 냈다.
그런데 그때부터 갑자기 상헌이는
자전거에 대한 애정이 각별해졌다.
동생 훈이를 자전거에 손도 못 대게 하는 것이다.
보조바퀴 뗀 날 저녁에 아빠는 재미 붙인
상헌이의 비틀대는 자전거를 뒤에서 잡아 주느라
아파트를 몇 바퀴나 도는 노력 봉사를 해야 했다.
다음날 아침 언제나처럼 제일 먼저 잠이 깬 상헌이
아빠의 침대 위에 펄쩍 뛰어올라 와서는
자는 아빠를 마악 흔들어 깨우고는 물었다.
"아빠아! 나 두발자전거 탈 수 있지?"
잠결에 아빠가 대답했다.
"으…응~! 그…그래."
그러자 상헌이가 계속 물었다.
"아빠! 두발자전거 잘 타게 되면
그러면 이제 한발자전거 타야 되지?"

물고기의 얼굴

즐거운 저녁 식사 시간
엄마는 갓 구운 생선을 접시에 담아 식탁에 올려놓았다.
큼지막한 조기였다.
일전에 부산 갔을 때
외할머니가 준비해 놓았다가 주신 것이다.
이따금 온 가족이 부산 갈 때면
외할머니는 평소 생선을 못 얻어먹는 아빠를 위해
맛난 물고기를 준비하신다.
그리고 어떤 때는 생선을 사서는
잘 다듬어 냉동실에 꽁꽁 넣어 두었다가
서울 갈 때 트렁크 한쪽 구석에 챙겨 넣어 주시는 것이다.
노릿노릿하게 구워진 조기는 잘 다듬어져 있을 뿐 아니라
할머니의 익숙한 솜씨로 먹기 좋게 칼집까지 넣어져 있었다.
감사기도가 끝나기 무섭게 아빠는 조기를 뜯었다.
이제 드디어 초등학교 1학년이 되는
식욕 왕성한 둘째 상헌이는
빨리 달라고 보챈다.
"아빠! 나도 조기 줘~어!"
아빠는 바쁘게 젓가락을 놀렸고
큼직한 조기는 이내 앙상해지고 만다.

먹을 곳이 점점 줄어들자 상헌이가 애타게 외쳤다.
"아빠! 얼굴 떼! 얼구울~!"
그 소리에 속이 미식해진 아빠는
슬그머니 젓가락을 놓고 말았다.

수영장이 딸린 집

상헌이와 상훈이는 얼마 전부터
사능교회에서 운영하는 영어 성서원엘 다닌다.
넉살 좋은 상헌이는
필리핀 선교사 선생님의 무릎에 앉기도 하는 등
특유의 친근감을 과시하며 신나게 영어를 배운다.
비가 내렸다.
그러나 엄마는 교육열에 불타며
아이들을 데리고 교회로 간다.
영어 시간이 끝나고 셋은 우산 속에서
"How are you? I am fine. Thank you."
등을 뇌까리며 집으로 왔다.
집에 다와 갈 무렵
엄마는 무언가 생각난 듯이 서두르기 시작했다.
아무리 생각해도 베란다 창문을 닫았는지
기억이 나질 않는 것이다.
엄마는 불안한 마음으로
현관문을 열고 집으로 들어섰다.
따라 들어온 여섯 살 상헌이가 말했다.
"우리 집이 수영장이네!"

죽은 배추들

어느 겨울 오후
엄마와 네 살 상훈이는 아랫집 혜수네와 놀러갔다.
엄마는 평소 그렇게도 먹고 싶어 별르고 별르던
삼육만두를 먹으러 멀고 먼 회기동에 있는
삼육서울병원 근처까지 갔던 것이다.
만두집은 병원 담벼락 옆 골목에 있다.
워낙 인기 좋은 만두인지라
만두가 품절되고 하나도 없을 때도 많았으니
이 집 만두의 인기를 가히 짐작할 수 있을 것이다.
만두와 된장찌개 등을 실컷 먹고 난
상훈이네와 혜수네는 만족스런 표정으로
배를 쓰다듬며 만두집을 나섰다.
만두집 마당에는 김치를 담기 위해 절여 놓은 배추가
발가벗겨져 애처롭게 큰 고무통에 담겨 있었다.
상훈이가 말했다.
"엄마! 배추 죽었다."

애기

여섯 살 상헌이는 요즈음
아빠의 노트북으로 게임하는 재미가 한창이다.
"엄마! 나 컴퓨터 께임하~꺼야!"
엄마는 엄숙하게 대답했다.
"안 돼~~! 책 한 권 읽기 전엔 절대 안 돼!"
"그럼 나~아, 짝은 책 읽을 꺼야!"
상헌이는 영특하게도 협상을 제시했다.
그러자 옆에서 듣고 있던 네 살 상훈이가 비웃듯이 말했다.
"니가 애기냐?"
(평소 엄마는 작은 책은 애기들이 읽는 거라고 말했다.)

물고기와 건전지

엄마 아빠와 상훈이가 아침을 먹고 있었다.
엄마는 오랜만에 가자미를 구웠다.
비록 약간 태우긴 했지만…
아빠는 지나치게 잘 구워진 가자미를
칼로 솜씨 있게 썰고 가시를 발랐다.
옆에서 보고 있던 네 살 상훈이가 말했다.
"아빠, 칼로 찌르지마! 무꼬기 아파!"

잠시 후 상훈이는 젓가락을 들어 가자미 입에다 대고
"물어! 물어!" 한다.
가자미가 꼼짝도 안 하자
"엄마! 무꼬기 왜 안 가?" 하고 묻는다.
"으~응!"
말문이 막힌 엄마가 대답을 않자 이내 다시 묻는다.
"엄마! 무꼬기 건전지 넣으면 가?"

이 썩어!

세원이가 상훈이에게 사탕을 줬다.
네 살 상훈이는 사탕을 받아 신나게 먹는다.
엄마는 상훈이가 이 썩을까 봐 걱정이다.
"상훈아! 니가 사탕 먹으면 벌이 사탕 먹으려고 온다.
사탕 먹으러 와서 너 쏘면 어떻게 해?"
그러자 상훈이가 말했다.
"엄마! 벌은 꿀 먹지~?"
"그래, 그렇지만 사탕도 먹어."
엄마가 말했다.
"엄마! 벌… 사탕 먹으면 이 썩지~이?"

목마른 콩나물

저녁에 엄마가 콩나물을 볶았다.
네 살 상훈이는 맛있는 콩나물을 좋아한다.
엄마가 상훈이 그릇에 볶은 콩나물을 많이 담아 주었다.
그러자 상훈이는 된장찌개 국물을 떠서 콩나물에 붓는다.
엄마가 말했다.
"상훈아! 그러지마. 왜 콩나물에 된장을 부어?"
상훈이가 말했다.
"콩나물이 목마르잖아!"

사이렌의 의미는

국회의원 선거일이다.
아빠도 오늘은 약간 늦장을 부린다.
그래서 오늘은 모처럼 온 가족이 같이 아침 식사를 한다.
밥을 먹고 있는데 갑자기
삐~용 삐~용 하면서 사이렌 소리가 들렸다.
네 살짜리 답지 않게 상훈이가 노숙하게 말했다.
"누가 주근 거야? 사라난 거야?"

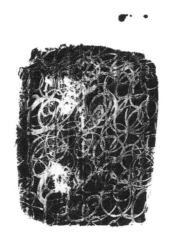

개구리가 키 크려면

비 오는 안식일 오후 훈이랑 엄마는 제명호에 놀러갔다.
잿빛 하늘을 담은 연못은 여느 때와는 달라 보였다.
둘은 천천히 걸어 호수를 빙 돌았다.
갑자기 숲에서 청개구리 한 마리가 나타났다.
"우~와! 처개구리^(청개구리)다."
훈이는 요리조리 살피며 신이 나 떠들었다.
그날 저녁 훈이는 아빠에게 말했다.
"아빠! 나 오늘 호수에 가셔^(갔어).
그리고오 처개구리^(청개구리) 봤다."
"그래? 청개구리가 어떻게 생겼어? 입이 이렇게 크지?"
아빠는 입을 쩌~억 벌려 보여 주었다.
"아니… 처개구리^(청개구리)느은… 음… 짝아^(작아).
다리도 짝아."
"……."
잠시 생각 후 네 살짜리 막내아들은 말했다.
"청개구리는 밥 많이 먹고 일찍 자야 돼.
그래야 키 크지~이!"

엄마야

목요일, 엄마와 네 살 훈이는
교회에서 운영하는 장수대학엘 갔다.
엄마는 사능교회의 장수대학 선생님이다.
할아버지 할머니들과
신나는 손놀이도 하고
노래도 부르고
즐거운 게임도 하고
그리고 집사님들이 정성스럽게 준비한
맛있는 점심을 먹고
엄마와 훈이는 교회를 나섰다.
비가 올지도 몰라 긴 우산을 가지고 나왔는데
비가 안 오니 괜히 짐스럽기만 하다.
그래서 엄마는 아이디어를 냈는데
다름 아닌 우산에 가방이랑 쇼핑백을 매달아
어깨에 지고 가는 것이다.
훈이는 보따릴 우산에 매달고 가는
흥겨운 엄마의 뒤를 부지런히 쫓았다.
한참 걸어가던 엄마가 잠깐 딴생각.
기울어진 우산에서 짐들이 흘러내려
길바닥에 후두둑 떨어졌다.

엄마는 깜짝 놀라 뒤를 돌아보며
가장 숙달된 비명을 질렀다.
"엄마야!"
그러자 뒤에 있던 훈이가 말했다.
"내가 엄마야?"

엄마는 깜짝 놀라 뒤를 돌아보며
가장 숙달된 비명을 질렀다.
"엄마야!"
그러자 뒤에 있던 훈이가 말했다.
"내가 엄마야?"

31

고양이가 물고기를 잡은 이유

엄마의 극성은 드디어
네 살 훈이를 동화구연장으로 내몰았다.
엄마는 평소 동화구연을 동경해 왔다.
평소 아빠의 옆방에 계신 정 교수님 사모님이
동화구연을 잘하셔서 영향을 받은 탓인지
어쨌던 엄마는 동화구연을 참 좋아한다.
그런데 마침 엄마가 잘 가는
롯데백화점에 동화구연반이 생긴 것이다.
엄마는 서둘러 훈이를 데리고
롯데백화점에 가서 등록을 했다.
천의 얼굴을 가진 듯 다양한 표정의 선생님은
척 보기에도 베테랑 같아 보였다.
선생님의 커다란 천 가방에는 물고기를 잡고 있는
고양이 그림이 그려져 있었다.
선생님은 낭랑한 목소리로 훈이에게 첫 질문을 던졌다.
"이게 뭐죠~오?"
"꼬양이요."
훈이가 자신 있게 대답했다.
"자~아! 고양이가 지금 뭐~ 하고 있어요?"
"무꼬기 잡고이서요."

"물고기를 왜 잡고 있어요?"
선생님의 집요한 질문이 계속되었다.
훈이는 심각하게 생각하더니 이내 대답했다.
"같이 놀려고요."

"물고기를 왜 잡고 있어요?"
선생님의 집요한 질문이 계속되었다.
훈이는 심각하게 생각하더니 이내 대답했다.
"같이 놀려고요."

집에 못 간 똥파리

어느새 햇살 따가워진 6월 어느 날 오후
형아들이 학교와 유치원 간 후
엄마와 네 살 훈이는 집을 나섰다.
오늘은 약수터 가는 코스를 바꾸어 보기로 했다.
7동 뒤로 난 길을 따라 올라가면
밤나무가 우거진 산길이 나온다.
엄마와 훈이는 손을 잡고
수풀 우거진 기분 좋은 산길을 천천히 걸었다.
엄마는 갑자기 훈이에게 색다른 제안을 했다.
"훈아! 우리 신발 벗고 갈까?"
"아돼(안 돼)! 모래 때문에 발 아파!"
훈이가 말했다.
"아니야, 낙엽이 많은 쪽으로 가면 푹신푹신해."
드디어 둘은 신발을 벗어 손에 들고 조심스레 걸었다.
촉촉하고 서늘한 땅기운이
훈이의 작은 발바닥에 스며들었다.
"어~! 지짜(진짜) 푸신푸신(푹신푹신)하네!"
둘은 기분 좋아 신나게 걸었다.
한참 가다가 훈이가 말했다.
"엄마! 저기 파리 있어!"

엄마는 훈이가 가리키는 곳을 바라보았다.
산길가에 개똥이 한 덩어리 놓여 있고
거기엔 큼직한 파리가 두 마리 붙어 있었다.
"훈아! 저건 똥파리야.
저 파리들은 똥을 좋아한단다."
엄마가 해박한 설명을 붙였다.
그러자 훈이가 다시 물었다.
"엄마! 왜 두 마리밖에 없찌이? 모두 다 집에 갔나 봐!"
잠깐의 추리 후에 훈이는 결론을 내렸다.
"아~! 열쇠가 없구나.
그래서 집에 못 들어갔지이?"

저녁 메뉴는 개밥으로

저녁 먹기 전 세 아들과 엄마가 텔레비전을 보고 있었다.
〈세상에 이런 일이〉에서는 애완견과 똥개의
일생을 비교해서 보여 주고 있었다.
시원한 에어컨 아래서 개껌을 마음대로 씹는 애완견.
뙤약볕 아래서 뿌려 주는 물을 맞으며
뼈다귀 하나를 두고 싸우는 똥개.
깨끗한 사료와 맛난 통조림을 먹는 애완견.
불결하게 보이는 섞어 놓은 음식 찌꺼기를 먹는 똥개.
그것도 잠시 똥개는 이내 보신탕집으로 팔려가고 말았다.
네 살 상훈이는 초롱초롱 눈을 빛내며 그것을 보았다.
잠시 후 엄마는 저녁상을 차렸다.
특별메뉴로 야채비빔밥이었다.
밥에다 호박과 나물 그리고
두부와 된장을 넣고 걸쭉하게 비볐다.
식탁을 차리고 엄마는 아이들을 불렀다.
모두들 둘러앉아 마악 한술을 뜨려는데
셋째 훈이가 큰 소리로 외쳤다.
"엄마아! 개밥을 왜 줘? 개밥은 개들이 먹어야지이!"

유우머

밤 11시가 다되어 가는데
훈이는 아직도 안 자고 있다.
수경이 누나가 학교에 갔다 왔다.
고등학생인 누나는 공부하느라 늘 늦게 집에 온다.
"누나!"
아직 안 자고 있던 네 살 훈이는 누나를 반긴다.
날씨가 추워서인지 누나는 멋져 보이는
까맣고 두툼한 목도리를 두르고 있었다.
누나 말로는 오늘 학교에서 어떤 남학생이 놓고 갔는데
따뜻해 보여 목에 두르고 왔다는 것이다.
누나는 함박웃음과 함께
근사한 검정 목도리를 쓰다듬으며
상훈이에게 물었다.
"훈아! 누나 이쁘지?"
"아니!"
훈이가 냉정하게 대답했다.
누나의 얼굴에서 금세 미소가 사라졌다.
그러자 이내 훈이가 말했다.
"누나는 안 이쁘고 멋있어!"

공룡의 식사 습관

아빠가 비디오 테이프를 사 왔다.
공룡 영화인 쥬라기공원 시리즈.
쿵쿵거리며 나타나 염소를 한입에 집어삼키는
무시무시한 티라노사우루스.
커다란 황소를 갈갈이 찢어먹는
교활하고 잔인한 벨로시랩터.
그리고 이들을 피해 이리저리 도망 다니는 아이들.
평소에 관심 많던 공룡 이야기를
박진감 넘치는 사운드와 생생한 장면으로 구성한
스필버그의 공룡영화에
상하, 상헌, 상훈이는 흠뻑 빠져들었다.
드디어
새끼를 찾으러 온 두 마리의 난폭자 티라노들이
지프차에 타고 있는 사람을 끄집어내
덥썩 물어 삼켜 버렸다.
끔찍한 장면을 숨죽이며 쳐다보던 셋째 상훈이
다섯 살짜리 답지 않은 긴장된 목소리로 말했다.
"저렇게 먹으면… 배탈나는데…"

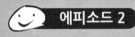 에피소드 2

엄마의 완전범죄

엄마의 완전범죄

엄마와 학교에서 돌아온 일학년 상하가
아파트 놀이터에서 놀고 있었다.
상하는 갑자기 급한 일이 있는 듯 일어나 집으로 들어갔다.
한참 후 엄마도 일어나 천천히 집으로 향했다.
그런데 이게 웬일인가?
엘리베이터에 타자 이상한 냄새가 풍기는 것이다.
코를 씰룩이며 주변을 둘러보던 엄마는
엘리베이터 바닥에 점점이 흩어져 있는
물컹해 보이는 물체를 발견했다.
자세히 보니 똥이었다.
엄마는 올라가다 말고 다시 내려와 아파트 관리실로 갔다.
"아저씨! 누가 엘리베이터 안에 똥을 싸 놓았네예."
"뭐라꼬요? 아~가 똥을 쌌으면 엄마가 빨리 치워야지.
누가 안 치우고 있노! 알았심더. 방송하끼요."
엄마는 누군지 모를 똥싼 아이 엄마의
교양 없음을 나무라며 집으로 올라왔다.
집에 들어서자마자 아래층 연미 엄마가 놀러왔다.
그리고 안내 방송이 나왔다.
똥싼 아이의 부모는 신속히 똥을 치우라는…
한참 수다를 떨던 엄마는 상하를 찾았다.

상하는 방안에서 이불을 둘둘 감고 있었다.
잠시 후 연미 엄마가 간다며 현관을 나서다
갑자기 멈춰서서는
"신발에 웬 똥이 묻었네?" 하는 것이었다.
엄마가 보니 상하의 신이었다.
"똥을 밟았나?"
연미 엄마가 가고 난 다음 엄마는 신발을 자세히 살폈다.
똥은 바닥이 아니라 신발의 위에 묻어 있었다.
엄마는 상하를 불렀다.
"상하야, 니 똥쌌나?"
"응! 너무 급해서…."
트렁크 팬티에 통바지를 입고 있던 상하가
너무 급해서 그만 싸고만 똥은 팬티와 바지를
논스톱으로 통과해서 신발과 엘리베이터 바닥에
그대로 똥칠을 한 것이다.
엄마는 황급히 비닐봉지와 휴지를 들고
엘리베이터를 탔다.
그리고 행여 누가 볼까 얼른 똥을 닦기 시작했다.
그때였다. 엘리베이터가 멎더니
문이 열리고 경비아저씨가 들어섰다.
"아이고! 아지매가 치우고 있는기요?
학~실히 아 키우는 사람이 틀리네. 고맙심더.
아이, 근데 누가 교양없이 그~래
안내 방송을 했는데도 안 나오노.
차~암! 교양없재."

학교 청소는 새엄마가

건축기사인 엄마가 2주간
건설기술교육원에 교육을 간다.
엄마는 2학년인 큰아들 상하에게
미리 주의사항을 하달했다.
"상하야 엄마가 없는 동안에 아빠 말씀 잘 듣고
모레는 할머니가 올라오실 거니까
할머니 오시면 할머니 말씀 잘 들어야 된다."
상하는 심각한 표정을 짓더니
이내 눈물을 뚝뚝 떨구었다.
"엄마! 안 가면 안 돼? 이제부터 말 잘 들을께!"
엄마는 상하를 달래면서도
한편으로 마음 한구석이 흐뭇했다.
"기특한 녀석, 감정도 섬세하지!"
그리고 그날 저녁 엄마는 퇴근하고 온 아빠에게
상하가 엄마 교육 간다니까 울더란 얘길
자랑스럽게 들려주었다.

엄마가 교육 가고 난 다음날
아빠는 집안 일을 하느라 정신이 없다.
아빠는 갑자기 엄마가 했던 말이 생각나

상하에게 물었다.

"상하야, 엄마가 교육 간다니까 네가 울었다면서?"

"응!"

하면서 상하는 고개를 끄덕였다.

그리고 갑자기 걱정스러운 듯이 되물었다.

"아빠! 엄마가 방학 끝날 때까지 안 오면 어떻게 해?"

갑작스런 질문에 아빠가 대답했다.

"왜?"

상하는 무척 고민이란 듯이 심각한 표정으로 말했다.

"엄마가 방학 끝날 때까지 안 오면…
학교 청소할 때 누가 가지?"

"아빠가 갈 거야?"

터지려는 웃음을 참으며 아빠가 조용히 대답했다.

"음~~! 그땐 새엄마가 가야지."

검도

일곱 살 상헌이는 아빠한테 혼나고 있었다.
"너 또 길거리에서 떼쓸 거야? 앙~~~!"
"뭘 보는 것마다 사 달래? 이 녀서~~억!"
아빠에게 종아리를 맞고 혼나는 상헌이
막 울면서도 가만있지 않는다.
"아빠…(흑흑) 나한테(엉엉) 까불지마.
나한테 까불면(엉~엉) 아빠 혼나!
나~~아…(흑~흑) 검도 배워."

왕과 피

엄마는 주말 역사드라마 〈왕과 비〉의 팬이다.
어느 날 상하네 가족은 세조의 능이 있는 광릉에 놀러갔다.
엄마는 아이들에게 역사 공부를 시키느라 열심히 설명했다.
"여기는 왕과 비에 나오는 수양대군 알지?
수양대군의 무덤이야.
수양대군이 죽어서 여기에 묻혀 있다."
"그럼 이게 왕과 피(비)야?"
여섯 살 상헌이는 이해가 잘 안 간다는 듯이 물었다.
"엄마! 근데~~! 수양대군 죽었어?"
"응! 죽었지. 그래서 여기 무덤이 있잖아!"
"근데 엄마, 죽었는데 왜 테레비 나와?"

황야의 무법자

상헌이가 학원 갔다 돌아올 시간이다.
엄마는 서둘렀다.
문을 잠가 놓고 온 것이다.
황급히 엘리베이터 버튼을 누른 엄마는
초조하게 문이 열리길 기다렸다
13층이 왜 그리 먼지…
땡~~! 도착 신호음이 뛰는 가슴을 때렸다.
그러나 현관문 앞엔 아무도 없었다.
"애가 아직 안 왔나?"
엄마는 집으로 들어서려다
뭔가에 이끌리듯 계단을 따라 아래층으로 내려갔다.
그런데 그곳에 상헌이가 있었다.
옆집에서 들고 나온 베개를 벤 채
두 손을 머리 뒤로 깍지 끼고
땅바닥에 팔자로 드러누워 쿨쿨 자고 있는
다섯 살짜리 황야의 무법자가….

성교육

아빠가 아이들을 나무라고 있었다.
"이놈들! 자꾸 그럴 거야?"
일곱 살 상헌이가 받아쳤다.
"어~! 아빠 욕했어!"
"뭐야 짜식이!"
"어! 아빠 짜식이라 했어! 아빠 또 욕했다?"
"그건 욕이 아니야."
"아니야 욕이야~~아!"
"너희들은 아빠의 자식들이야.
자식한테 자식이라 하는 건 욕이 아니야.
너희들은 아빠가 낳았으니 아빠의 자식이잖아!"
"아니야, 아빠가 안 낳았잖아! 엄마가 낳았어."
"아~니야, 너희들이 본래는 아빠 뱃속에 있었는데
아빠가 엄마 뱃속에 넣어 줬어.
그래서 엄마 뱃속에서 자라가지고 엄마가 낳은 거야.
그러니까 너희들은 아빠의 자식이야."
며칠 후 상헌이가 말했다.
"아빠! 나는 본래 아빠한테 있었지?
근데 아빠가 엄마한테 쓰~윽 넣어 줬지?
그래서 엄마가 낳았잖아!"

많이 컸네

금요일, 울산 사는 김경자 집사님이 놀러왔다.
울산에서 각별하게 지내던 집사님의 방문에
엄마는 옛 울산의 동지들을 모으느라 분주하다.
아들 종욱이의 교육 땜에
신내동에 와 계시는 정영희 집사님,
그리고 역시 고등학교 1학년인 아들 형민이의
서울 유학을 뒷바라지하기 위해 사능으로
이사까지 오신 김정희 집사님,
모두들 열성파 엄마,
옛날 울산교회 믿음의 동지들이다.
동지들은 속속 김정희 집사님의 집으로 모여들었다.
상헌이와 상훈이도 엄마와 함께 집사님들을 만나러 갔다.
집사님들은 오랜만에 본
상헌이와 상훈이를 꼬~옥 안아 주셨다.
그리고 유치원에 다니는 상헌이가
많이 컸다고 대견해하셨다.
반가운 상봉 후
모두들 주로 신앙간증과 자녀교육을 주제로
거룩한 수다를 떨며 그동안의 회포를 풀고 있는데
학교를 마친 형민이가 집으로 들어섰다.

집사님들은 오랜만에 본 형민이를 반갑게 맞았다.
그리고 몇 년 못 본 사이에 어느덧
고등학생으로 훌쩍 커 버린
형민이의 늠름한 모습을 칭찬했다.
그때였다.
상헌이가 일어나 형민이 쪽으로 다가갔다.
그리고 고등학생 형아의 얼굴을
물끄러미 올려다보며 말했다.
"많이 컸네!"

상헌이가 일어나 형민이 쪽으로 다가갔다.
그리고 고등학생 형아의 얼굴을
물끄러미 올려다보며 말했다.
"많이 컸네!"

여기숙사의 출입증 1

부산에 살던 사촌 수경이 누나가
한국삼육고등학교로 유학 왔다.
그리고 기숙사에서 생활하기로 했다.
어려서부터 같이 자라온 친형제 같은 사촌누나인지라
상하, 상헌, 상훈이는
누나가 서울에 온 것이 너무너무 좋았다.
엄마는 부지런히 수경이 누나의
생활용품을 기숙사로 날라다 준다.
어느 날 오후 엄마는 비누랑 치약 등등을 전해 주기 위해
둘째 상헌이와 함께 누나의 기숙사에 왔다.
바빠서 서둘러야 했던 엄마는 기숙사 앞에 차를 세우고
상헌이에게 차에서 잠깐 기다리라고 했다.
그러나 상헌이는 막무가내.
같이 들어가겠다고 난리다.
난감한 엄마는 비상조치로 겁을 주기로 했다.
"상헌아! 여기는 여자 기숙사야.
남자는 들어갈 수가 없어.
남자가 들어가려면 꼬치 짤라야 돼!"
들어가겠다고 고집 피우던 상헌이는
엄마의 그 말에 움찔 놀라

그만 차에서 기다리기로 마음을 고쳐먹었다.
다음주 엄마는 누나의 기숙사에 또 갈 일이 생겼다.
이번엔 여유가 있어
상헌이와 상훈이를 같이 데리고 들어가려 했다.
그런데 어찌된 일인지 상헌이가
자기는 차에서 기다리겠단다.
엄마는 수경이 누나와 얘기도 하고
시간이 많이 걸릴 것 같아서
"왜 그래? 상헌아! 같이 들어가자." 하고 달랬다.
"싫어!"
"누나 안 보고 싶어? 빨리 들어가자~아!"
"싫엇!" 상헌이는 소리를 버럭 질렀다.
"왜 안 들어가겠다는 거얏?" 엄마는 화가 나서 따졌다.
그러자 여섯 살 둘째는 눈을 치켜뜨고는
씩씩거리며 말했다.
"나 꼬치 짤리면 엄마가 책임질 꺼얏?"

여기숙사의 출입증 2

며칠 후 엄마는 상헌이, 상훈이와 함께
또 수경이 누나의 기숙사엘 갔다.
엄마가 같이 들어가자니까
상헌이는 여전히 안 들어가겠단다.
그래서 엄마와 상훈이만 들어가기로 했다.
"상훈아! 너 들어가면 안 돼!"
간곡한 형아의 만류에도 아랑곳하지 않고
상훈이는 엄마와 함께 들어갔다.
잠시 후 상훈이와 엄마가 나왔을 때
상헌이가 조심스럽게 물었다.
"상훈아! 너…꼬치… 짤렸어?"

눈물의 의미

일곱 살 상헌이는 유치원에 다니지만
엄마가 밥 떠 먹여 주는 것을 참 좋아한다.
"아~!" 하고 숟가락을 상헌이 입 앞에 갖다 대면
"앙~!" 하고 크게 입을 벌려 넙죽 밥을 받아먹는 것이다.
어느 날 저녁을 먹고 난 후 상헌이가 엄마에게 물었다.
"엄마는 몇 살이야?"
"마흔 살이지."
엄마는 평소 거칠기만 한 둘째 아들의
의외의 질문에 의아해하며 대답했다.
상헌이는 슬픈 표정을 지으며 엄마의 목을 껴안았다.
그리고 "엄마 백 살 되면 죽지?" 하고 묻는 것이다.
"그럼 죽지!"
엄마의 대답에 상헌이는 별안간 훌쩍훌쩍 울기 시작했다.
"엄마 참 슬프다."
마치 이별하듯 둘째 아들은 엄마를 꼬옥 안았다.
엄마는 놀라 상헌이를 달랬다.
"왜 그래 상헌아? 엄마 안 죽어."
그러자 눈물을 글썽이며 상헌이가 말했다.
"엄마 죽으면… 나 굶어 죽잖아."

신이 된 신 교수

"아빠 나 운전하~꺼야!"
여섯 살 상헌이가 떼를 쓴다.
"안 돼!"
다른 때는 둘째에게 약한 아빠도 이때만은 단호하다.
상헌이는 아빠 무릎 위에 앉아 차를 몰고 싶어한다.
언젠가 아빠 친구 신동근 교수님이
상헌이를 무릎 위에 앉히고 차를 몬 이후로
상헌이는 가끔씩 운전하겠다고
아빠에게 생떼를 쓰는 것이다.
그러나 소심한 아빠는
한번도 그 부탁을 들어준 적이 없다.
학교에서 신 교수님을 만나면
상헌이는 이따금 눈웃음을 살살 치며 운전시켜 달란다.
그러면 신 교수님은 상헌이를 무릎 위에 앉히고
그의 하얀 자가용으로 학교를 한 바퀴 돈다.
그런 날은 정말 상헌이에게는 신나는 날이다.

엄마는 이 썩는다고 상헌이가
아이스크림 먹는 것을 무척 싫어한다.
그러나 신 교수님이 나타나면

상헌이는 큼직한 빵빠레를 먹게 되는 것이다.
어느 날 아침 가족예배 시간
아빠는 어린이 기도력에 있는 내용을
아이들에게 들려주고 있었다.
"우리 마음속에 있는 생각을
다른 사람에게 말하지 않으면
다른 사람이 우리 마음을 알 수 있을까요?"
"아니요."
세 아들은 모두 고개를 설레설레 흔들었다.
"그런데 우리가 말하지 않아도
우리 마음을 미리 아는 분이 꼬옥 한 분 계시지요?"
여기까지 말하며 아빠는 세 아들을 슬쩍 둘러보았다.
갑자기 상헌이의 눈이 반짝 빛났다.
아빠는 정답을 예상하며
"상헌이 한번 말해 봐!"
하고 둘째를 지목했다.
상헌이는 만면에 환한 웃음을 피우며 자신 있게 외쳤다.
"신동근."

55

디지몽의 행방불명

"아빠! 디지몽 사 줘!"
"아빠! 디지몽 언제 사 주~꺼야?"
일곱 살 둘째 상헌이는 집요하게
디지몽을 사내라 아빠를 졸라댄다.
드디어는 하루에 천 원씩 주면
모아서 사겠다는 수정제안까지 한다.
아빠는 상헌이의 성화에 버티다 버티다 못해
디지몽 마련 특별용돈을 하루에 천 원씩 주기로 했다.
만오천 원짜리라는 디지몽은
상헌이 손보다 작은 조그만 게임기인데
그 속에 밥도 먹고 똥도 싸는
사이버 괴물이 한 녀석 들어 있단다.
상헌이가 디지몽 기금을 육천 원쯤 모았을 때
가족들이 이모 집엘 가게 되었다.
스폰서를 모집할 기막힌 기회를
용이주도한 상헌이가 놓칠 리 없었다.
할아버지와 이모에게 안마까지 해 주며
디지몽의 필요성을 어떻게 어떻게 역설한 상헌이
드디어 만 원의 기금 마련에 성공.
다음날 아침 문구점 문을 열자마자 달려가 디지몽을 샀다.

종일토록 상헌이의 얼굴엔 눈웃음이 떠나질 않았다.
며칠 동안 상헌이는 밥도 먹이고 똥도 치우고
디지몽 기르는데 열심이었다.
그런데 어느 날 아침 상헌이가 일어나 보니
지난밤 분명히 가지고 놀았던
디지몽이 보이질 않는 것이다.
상헌이는 온 집을 샅샅이 뒤지는 수색작업을 감행하고도
행방불명된 디지몽을 찾지 못했다.
저녁이 되자 상헌이는 울부짖기 시작했다.
"디지모~옹! 디지모~옹!"
상헌이는 목놓아 디지몽을 불렀다.
그러고는 이산가족처럼 슬프게 슬프게 울었다.
"으아아앙~! 으아아앙~!"
상헌이의 울음소리가 밤늦도록 계속되었다.
다음날 새벽 아빠는 어디선가 들리는
가느다란 귀뚜라미 소리에 잠을 깼다.
아빠는 그 소리가 배고파 우는
디지몽의 울음소리라는 것을 간파하고는
대대적 수색작업을 감행하여
드디어 침대 밑 한구석에서
행방불명된 디지몽을 찾아냈다.
"짠~!"
아침에 아빠가 건네는 디지몽을 받아든 상헌이.
작은 얼굴이 터질 듯한 눈웃음으로 덮였다.

개교기념일

둘째 상헌이는 집 밑에 있는
진건초등학교 병설 유치원엘 다닌다.
집에서 5분 거리인지라 매일 아침
상헌이는 혼자 걸어서 유치원에 간다.
어제 저녁, 늦게 집에 온 아빠는
아침에 약간 늦게 출근하기로 했다.
마침 상헌이의 유치원 등교시간이라
아빠는 모처럼 마음먹고
둘째 아들을 바래다 주기로 했다.
후문 앞에 차를 세우고
아빠는 상헌이의 손을 잡고 후문으로 갔다.
문은 쇠사슬로 채워져 있었다.
"어! 아직 문이 안 열렸네!"
상헌이는 갑자기
"아빠! 나 뭐 사 줘!" 하고 아빠를 조른다.
"그래 가자!" 아빠는 흔쾌히 승낙했다.
둘은 후문 앞에 있는 엘지25시에 들어갔다.
아빠는 도시락이 든 유치원 가방에
포켓몬스터 빵을 하나 사서 넣어 주었다.
그러자 도너츠 코너를 보며 상헌이가 말했다.

"아빠! 도나쓰도 하나 사 줘!"
"그건 왜?"
"우리 선생님 드리게!"
(기특한 녀석) 아빠는 속으로 흐뭇해하며
맛있어 보이는 큼직한 도너츠 하나를 골라
비닐 봉지에 넣었다.
상헌이는 신이 나 의기양양하게 눈웃음치며
도너츠 봉지를 들고 후문으로 갔다.
그런데 아직도 후문은 열릴 생각을 않는다.
"그럼, 정문으로 갈까?"
아빠는 상헌이 손을 잡고 정문으로 갔다.
이상하게 오늘따라 학교가 너무 조용했다.
"이크 너무 늦은 거 아냐?"
둘은 천천히 정문을 지나 유치원 교실 쪽으로 걸어갔다.
아이들은 아무도 보이지 않았다.
저쪽에서 여선생님 한 분이 이쪽을 보고 계셨다.
아빠와 상헌이가 다가가자 선생님이 물었다.
"무슨 일로 오셨죠?"
'별 이상한 질문도 다하네!'
아빠는 의외의 질문에 당황해하며 대답했다.
"아! 예, 유치원에 데려다 주려고요."
선생님은 아빠와 상헌이를 놀란 듯이 바라보다 웃었다.
"오늘… 개교기념일인데요!"

생일 빠른 디지몽

디지몽이 많이 컸다.
상헌이가 잘 길러서인지
며칠 전엔 네 살이라더니
어느새 디지몽은 여덟 살이 되었다.
디지몽이 여덟 살이 된 날
아빠가 물었다.
"상헌아, 너 몇 살이지?"
"일곱 살."
"디지몽은 몇 살이지?"
"여덟 살."
"그럼 디지몽이 너보다 나이 많네!"
그러자 상헌이가 억울하다는 듯이 말했다.
"그야 생일이 빠르니깐 그렇지!"

최대의 뇌물

상헌이가 다니는 검도도장에 곧 승급심사가 있다.
이미 노란띠를 달고 있는 상헌이도 심사를 본다.
합격하면 그렇게 받고 싶어하던 파란띠를 받게 된다.
저녁에 아빠가 돌아왔을 때
상헌이가 말했다.
"아빠! 나 용돈 줘!"
"무슨 용돈?"
"내일 검도도장 옆에서 떡꼬치 사게."
"왜?"
"관장님 떡꼬치 사드리게."
"그래, 사부님을 잘 모셔야지!"
아빠는 일곱 살 둘째 아들이 대견해 보여
웃으며 오백 원을 줬다.
다음날 저녁, 집에 돌아온 아빠는 상헌이에게 물었다.
"상헌아! 그래 관장님 떡꼬치 드렸어?"
"응, 드렸어."
"잘 드시데?"
"응, 맛있게 잘 드셨어."
다음날 상헌이는 파란띠를 땄다.

둘째의 복수와 맥가이버

금요일 저녁
온 가족은 온통 부산을 떨며 교회 갈 준비를 한다.
아빠는 차에 시동을 걸어 놓겠다고 먼저 내려갔다.
그 와중에도 여섯 살 둘째 상헌이는
엄마에게 초코파이를 들고 가겠다고 고집을 피운다.
이미 한 개의 초코파이를 먹었는데도
생떼를 쓰는 상헌이의 욕심에 화가 난 엄마는
상헌이를 집에 혼자 남겨 놓고 내려와 버렸다.
상헌이의 악쓰며 우는 소리가
11층에서 1층까지 엘리베이터 통로를 타고
고집스럽게 들려왔다.
차 안에서 엄마의 얘길 들은 아빠는
"아마 우리가 돌아갈 때쯤이면
상헌이가 문을 모두 잠가 놓고 안 열어 줄걸!"
"그런데 맨 위의 고리까지 걸어 놓을 텐데….."
아빠는 약간 걱정스러운 듯이 말했다.

예배를 마치고 집 앞에 도착했을 때 모든 것이 조용했다.
문은 예상한 대로 잠겨 있었고
안에서는 아무 소리도 들리지 않았다.

엄마는 열쇠로 맨 위의 안전자물쇠를 열었다.
그리고 손잡이를 돌려 문을 당겼다.
문은 꼼짝도 하지 않았다.
다시 엄마는 아래 자물쇠에 열쇠를 넣고 돌렸다.
찰칵 경쾌한 소리가 들렸다.
손잡이를 돌려 문을 당기자
문은 엄마의 미소와 함께 스르르 문틀에서 빠져나왔다.
그러나 한 뼘도 못 나오고 문은 철컥 소리와 함께
고리에 걸려 더 이상 나오지 않았다.
"상헌아아! 문열어 줘어어!"
모두들 아무리 소리쳐 불러도 집안에서는 인기척이 없었다.
문틈으로 상헌이를 소리쳐 부르며
아빠는 초인종을 누르고 휴대폰으로 전화까지 걸었다.
그러나 찍소리도 들리지 않았다.
아무리 열려고 해도 문을 열 방법이 없었다.
시간은 흐르고 모두들 춥고 초조해졌다.
상하와 수경이 누나는 피곤해 현관문 앞에 주저앉았고
상훈이는 잠이 온다고 난리다.

드디어 엄마는 119에 연락하잔다.
한참을 생각하며 문고리의 구조를 살피던 아빠는
허리춤에서 맥가이버칼을 꺼냈다.
아빠는 약간 열려진 문틈으로 손을 넣어
문고리를 고정하고 있는 3개의 나사를
맥가이버칼에 붙어 있는 드라이버로 조금씩 돌리기 시작했다.
한 개, 두 개 그리고 어렵게 세 개의 나사가 떨어져 나오고 드디어 고리가 문에서 떨어졌다.
모두들 살았다는 듯이 따뜻한 집안으로 들어갔다.
안방에선 복수에 성공한 둘째가
큰 대자를 그린 채 쿨쿨 자고 있었다.

허리춤에서 맥가이버칼을 꺼냈다.
아빠는 약간 열려진 문틈으로 손을 넣어
문고리를 고정하고 있는 3개의 나사를
맥가이버칼에 붙어 있는 드라이버로
조금씩 돌리기 시작했다.

값비싼 고백

아빠의 노트북이 구입한 지 5년째 접어들었다.
당시에 지하철에서 아빠가
1.5cm 초경량 노트북을 펴들고 영화를 보고 있노라면
모두가 신기한 표정으로 바라보곤 했었는데
그 최첨단 노트북이 이제는
어느덧 고물이 되어 버렸다.
드디어 배터리도 말을 듣지 않는 것이다.
내년에 초등학교 들어가는 둘째 상헌이는
가끔씩 아빠의 노트북으로 하는
스타크래프트 게임에 잔뜩 맛을 들였다.
어느 날 아빠가 소파에 앉아 쉬고 있는데
눈이 보이지 않을 듯 눈웃음치며 나타난 상헌이
갑자기 아빠의 무릎에 뛰어올라
와락 아빠의 목을 껴안았다.
"나는 아빠가 젤 좋아!"
"으음…! 아빠도 니가 제일 좋아!"
아들의 갑작스런 애정 표현에 흐뭇해하며
아빠는 둘째를 꼬옥 안고 등을 토닥였다.
그러자 상헌이 아빠의 귀에 대고 다정스럽게 말했다.
"아빠 노트북… 나 줄 수 있어?"

독립심

둘째 상헌이의 독립심은
두 살 때는 집밖의 한참이나 떨어진 큰 도로로
자다 말고 뛰쳐나가 소동을 일으킴으로 시작되었다.
네 살쯤 되어서는 음식점에 들어갈 때마다
뻔뻔하게도 이 집에 아이스크림 있느냐고 묻질 않나
다섯 살에는 길거리에 지나가는 사람마다 붙들고
아저씨는 몇 살이냐고 묻더니
기다리고 기다리던 초등학교 1학년이 되자
사흘 만에 학교 마치기가 무섭게
혼자 버스 타고 집으로 와 버려 둘째를 데리러 간 엄마가
온 학교를 찾아 헤매게 만드는 등
완전 발동이 걸린 듯했다.

입학한 지 한 달이 지나고
학교급식을 먹던 상헌이는
어느 날 엄마에게 말했다.
"엄마! 나 도시락 싸 줘!"
"왜? 그냥 급식 먹지."
"급식은 맛이 없어!"
"엄마가 싸 주는 밥이 더 맛있어!"

"정말?"

엄마는 기분이 좋아져서 되물었다.

"응! 근데… 반찬은 용가리 치킨 싸 줘!"

엄마는 은근히 걱정이 되었다.

벌써 도시락 싸다니는 일학년이 있는지도 모르겠고…

다음날부터 엄마는 용가리 치킨으로 반찬을 하고

맛있는 도시락을 준비했다.

한편 바쁜 아빠는 상헌이가 입학하고

한번도 상헌이 학교에 가 보질 못했다.

한 달이 지난 어느 날

아빠는 상헌이가 어떻게 하고 있는지 궁금했다.

드디어 아빠는 점심때 시간을 내서 상헌이 학교로 갔다.

현관으로 들어가 한 층을 다시 오르면 일학년 교실이다.

점심시간이라 아이들은 하나도 보이지 않았다.

식당에 갔겠지…!

아빠는 식당으로 다시 내려가려다

문득 신발장을 쳐다보았다.

일학년 교실 앞의 텅 빈 신발장엔

딱 한 짝의 운동화가 놓여 있는 게 아닌가!

아빠는 상헌이의 낯익은 운동화를 단번에 알아보았다.

아빠는 스르르 교실 문을 열었다.

아무도 없는 교실에 상헌이가 혼자 앉아 있었다.

책상 위엔 도시락이 펼쳐져 있었고

독립심 강한 둘째 아들은 여유를 부리며

용가리 치킨을 포크에 찍고 있었다.

"히~!"
아빠를 보고 상헌이가 눈웃음을 지었다.
아빠는 상헌이 앞자리 작은 의자에 앉았다.
아빠는 남은 밥을 떠서는 상헌이의 입으로 가져갔다.
잠시 후 교실을 나서며
아빠는 호주머니에 넣어 두었던 사탕 두 개를
상헌이의 포켓에 넣어 주었다.
그것은 독립심 강한 둘째 아들에게 주는
아빠의 작은 상이었다.

돌이가 발을 동동 구른 차원 높은 이유는

일학년이 된 둘째 상헌이는 매일 학습지를 한다.
늘 엄마와 공부하는데
오늘 저녁은 아빠가 도와주기로 했다.
국어 학습지에는 재미있는 그림과 함께
짧은 본문이 실려 있었다.

엄마가 학교 다녀온 돌이에게 소들을 보살피라고 했다.
돌이는 풀밭에 누워 한가롭게 풀을 뜯는
소들을 보고 있었다.
그런데 갑자기 소들이 밭으로 들어가
곡식을 뜯어먹기 시작하는 것이다.
안 돼! 안 돼! 돌이는 깜짝 놀라 달려가 소리를 질렀다.
그러나 소들은 여전히 곡식을 뜯어먹고 있었다.
돌이는 안타까워 발을 동동 굴렀다.
문제는 "돌이는 왜 발을 동동 굴렀나?" 하는 것이었다.

"상헌아! 돌이가 왜 발을 동동 굴렀지?"
드디어 정답을 예상하며 아빠가 물었다.
둘째는 가는 눈을 간특하게 빛내며 서슴없이 대답했다.
"엄마한테 뒈지게 혼나거든!"

119

상헌이와 아빠가 짱딱지 치기를 하고 있었다.
아빠는 상헌이의 딱지를 따먹으려고
힘껏 딱지를 내리쳤다.
그러나 웬걸 빗나간 딱지는
거실 장식장 밑으로 쏙 들어가 버렸다.
상헌이는 손가락으로 끝이 조금 보이는
딱지를 잡으려고 필사적인 노력을…
그러나 무심한 딱지는 점점 더 들어가 버렸다.
그때였다.
어느새 나타난 셋째 상훈이의 손에는
주방에서 가져온 부침개 뒤집는
얇고 뾰족한 기구가 들려져 있었다.
짱딱지는 금세 구출되었다.
아빠는 네 살짜리 막내아들을 꼬옥 안아 주었다.

달과 우리

일요일 저녁
엄마, 아빠 그리고 세 아들은
리틀엔젤스 예술회관으로 발레를 보러 가기로 했다.
요즘 엄마는 가족의 문화 수준 향상에
상당히 신경을 쓰는지
어느 틈엔가 표를 예매해 놓은 것이다.
아직 어둡지 않았는데
하늘엔 선명한 낮달이 떠 있었다.
차는 달과 나란히 동일로를 달렸다.
네 살 훈이가 걱정스럽다는 듯 말했다.
"아빠! 달이… 자꾸 우리 따라와!"

대머리의 비밀

엄마는 네 살 훈이에게 주의를 준다.
"훈아! 너 절대 비 맞으면 안 돼!"
"요즈음 내리는 비는 산성비야! 산성비.
너, 요전에 버스에서 대머리 아저씨 봤지?"
"응! 봤어!"
"산성비 맞으면 그렇게 머리가 벗겨지는 거야!"
며칠 후 아래층에 사는 미연이 엄마가
미연이를 데리고 놀러왔다.
미연이는 돌이 갓 지난 여자아기.
상하, 상헌, 상훈이는 미연이를 무척 귀여워한다.
그런데 그날은 미연이가 좀 달라 보였다.
평소 머리숱이 적었던 미연이를
머리 많이 나라고 머리를 빡빡 밀어 버린 것이다.
"미연아!" 하며 달려간 상훈이
미연이의 반짝이는 머리를 보고는
엄마를 돌아보며 말했다.
"엄마…! 미연이… 산성비 맞았지?"

미친 아빠

기차가 그랬어

세 살 상하는 기차를 무척 좋아한다.
그림책 속의 기차도 좋지만
울산에서 엄마랑 기차 타고
부산 할아버지 댁에 다녀오는 것은
정말 신나는 일이다.
엄마와 상하가 울산역에 내리면
빨간 오토바이를 타고 아빠가 마중 나온다.
그러면 아빠 뒤에 엄마가 타고
상하는 그 사이에 앉아 집까지 달리는 것이다.
어느 날 이모네 가족이 집에 놀러왔다.
모두들 재미있는 비디오를 보자고 해서
아빠는 엄마가 좋아할 것 같은
(엄마는 작품성 있는 영화가 아니면 절대로 안 본다)
〈Fried Green Tomato〉라는 영화를 빌려 왔다.
상하는 수준에 맞지 않게
눈을 동그랗게 뜨고 영화를 보았다.
철길에서 소년 소녀가 놀고 있었다.
"와~! 상하 좋아하는 기차 나오네!"
엄마가 말했다.

갑자기 기적 소리와 함께 기차가 달려오고
소년의 신발이 철도 침목 사이에 끼었다.
소년은 발을 빼내려 사력을 다하지만
기차가 지나간 자리에 소년의 모습은 보이지 않았다.
잠깐의 정적 후에
상하가 기적 소리 같은 큰 울음을 터트렸다.
모두들 깜짝 놀라 아무리 아무리 달래도
상하는 오래오래 울음을 그치지 않았다.
엄마 품에 안겨 상하는 울며 말했다.
"기차가 그랬어!
 기차가 그랬어!"

소년은 발을 빼내려 사력을 다하지만
기차가 지나간 자리에 소년의 모습은 보이지 않았다.
잠깐의 정적 후에
상하가 기적 소리 같은 큰 울음을 터트렸다.

이산가족

엄마는 오랜만에 상하와 외출을 했다.
울산의 가장 번화가인 주리원백화점이 있는 곳이다.
부산에 살 때 남포동 먹자골목의
사람과 사람이 부딪치는
아늑하고 인간적인 스케일에 길든 엄마는
가끔씩 비슷한 분위기인 그곳에 가서
윈도우 쇼핑하는 것을 좋아했다.
고향에 대한 향수랄까?
오고가는 많은 사람들
길거리에 널려져 있는 많은 물건들
난전에 파는 모자도 써 보고
쇼케이스 안의 마네킹이 걸치고 있는
옷을 상상 속에서 입어 보기도 했다.
주변에 마음을 빼앗긴 엄마가
다시 마음을 돌린 때는 한참 후
물건을 보느라고 상하를 잡고 있던
손을 놓아 버린 것이다.
아무리 돌아봐도 상하는 보이지 않았다.
엄마는 겁이 덜컥 났다.
이리저리 둘러보다 엄마는

오던 길을 되돌아 살피며 내려갔다.
물건 파는 사람들에게 다섯 살쯤 된
아이의 옷과 인상착의를 물어 가며…
어떤 할머니가 말했다.
"저 위에서 아까 애가 하나 울고 있던데…."
엄마는 할머니가 가리킨 곳으로 달려갔다.
그러나 상하는 보이지 않았다.
날은 어두워져 가고 엄마는 초조해졌다.
'신고를 할까….'
그때 어떤 아주머니가 말했다.
"혹시 애 찾아요?
저 위에 애가 울고 있던데…."
엄마는 다시 그리로 달려갔다.
상하가 울며 서 있었다.
아까 사 준 팝콘 한 봉지를 든 채로…
둘은 멍하니 한참 쳐다보았다.
"상하야아~!"
"엄마~~~아!"
둘은 달려가 서로를 부둥켜안았다.
그리고 상봉한 이산가족처럼
큰 소리로 울음을 터트렸다.
주인공들의 옆으로 무심한 엑스트라들이 스쳐지나갔다.

아빠가 너무 외롭잖아

전에 근무했던 회사의 사장님 따님이 결혼을 한다.
아빠 엄마는 옛날 그 회사의 사내커플 1호다.
아빠는 고민이다.
의리상 꼭 참석해야 하는데…
하필 그날은 교수협의회가 있는 날이라
도저히 빠질 수가 없다.
할 수 없이 엄마와 아이들만 가기로 했다.
엄마는 아빠의 결혼축하사절단 단장이 된 것이다.
단원은 셋.
결혼식장은 멀고먼 고향 부산이다.

3학년인 큰아들 상하가 물었다.
"엄마! 아빠는?"
"아빠는 회의 때문에 우리랑 같이 못 가셔."
"우리는 부산 가서
할머니집, 이모집에 들렀다가 다음주쯤 올 거야."
"아빤 그동안 혼자 계실 거야."
"……."
엄마는 다른 일을 하다 갑자기 말이 없는
상하를 돌아보았다.

고개를 푹 숙인 상하의 눈에서는
굵은 눈물이 방울방울 떨어지고 있었다.
"상하야! 왜 그래?"
깜짝 놀란 엄마가 물었다.
상하가 대답했다.
"그럼, 아빠가 너무 외롭잖아!"
엄마의 눈에 눈물이 핑 돌았다.
그날 저녁 아빠가 돌아왔을 때
엄마는 상하 이야기를 하며 또 한 번 울었다.
아빠는 잠든 상하를 꼭 안아 주었다.

고개를 푹 숙인 상하의 눈에서는
굵은 눈물이 방울방울 떨어지고 있었다.
"상하야! 왜 그래?"
깜짝 놀란 엄마가 물었다.

아빠의 망설임

욕실에서 여섯 살 상헌이가 심술을 부린다.
고래고래 소리지르고
물건이랑 장난감을 사정없이 집어던졌다.
상헌이의 심술을 보다 못한 아빠는 무척 화가 났다.
아빠는 욕실에 있던 커다란 빗을 꺼내
상헌이의 엉덩이를 때리기 시작했다.
욕조 안에서 엉덩이를 맞은 상헌이는
엉엉 울며 길길이 날뛰었다.
아빠는 열 대를 때리기로 작정했다.
한 대, 두 대, 세 대… 일곱 대를 때렸을 때
악을 쓰며 날뛰던 상헌이가
갑자기 울음을 그치고 욕조에 주저앉았다.
그리고 뭔가를 달관한 것처럼 슬픈 눈을 하고 말했다.
"아빠! 아빠도… 흑흑… 누가 아빠를
목욕탕에 넣어 놓고… 흑흑… 때리면 좋겠어?"
그 말을 들은 아빠는 갑자기 섬칫한 생각이 들어
들고 있던 빗을 내려놓았다.
"죄 없는 자가 먼저 돌로 치라."는
예수님 말씀이 들리는 것 같았다.
아빠는 욕조바닥에 주저앉아 있는

둘째를 다시 쳐다보았다.
슬픈 눈빛은
"제사를 원하지 않고 자비를 원한다."는 말처럼 들렸다.
아빠는 따뜻한 물로 상헌이를 샤워시켰다.
그리고 눈물로 얼룩진 얼굴을 닦아 주었다.
"다시는 그러지마!"
고개를 끄덕이는 둘째를 아빠는 꼭 안아 주었다.

"아빠! 아빠도··· 흑흑··· 누가 아빠를
목욕탕에 넣어 놓고··· 흑흑··· 때리면 좋겠어?"
그 말을 들은 아빠는 갑자기 섬칫한 생각이 들어
들고 있던 빗을 내려놓았다.

때릴 수 없는 이유

여섯 살 상헌이가 아빠에게 혼나고 있었다.
아빠는 회초리를 꺼내 와서
상헌이의 종아리를 탁 하고 때렸다.
"왜 때려~어!"
둘째는 고래고래 소리를 지르며 반항한다.
"잘못했으니까 때리지!"
아빠는 짐짓 준엄하게 나무랐다.
그러자 상헌이가 뻔뻔스런 표정을 하고 말했다.
"아빠는 나 때리면 안 되잖아!"
"왜, 안 돼!"
성난 목소리로 아빠가 되물었다.
상헌이는 씩씩거리며 대답했다.
"다연히^(당연히) 사랑하니깐 때리면 안 되지!"

미친 아빠

가을 햇살 눈부신 토요일 오후
예배를 마치고 아빠, 엄마, 상헌, 상훈이는
불암산 승천바위까지 등산을 하기로 했다.
5학년 상하는 드디어 독립심이 발동했는지
친구들과 놀겠다고 등반 불참을 선언했다.

호숫가를 지나 숲속으로 들어서
바위가루를 뿌려 놓은 것 같은
비탈진 길을 걸어 올라가면
군부대의 각개전투장이 나온다.
막내 상훈이는 기대했던 것보다는
씩씩하게 잘도 산을 오른다.
그런데 일학년 상헌이가 오히려
다리가 아프다고 투덜대는 게 아닌가?
게다가 급기야는 각개전투장 근처에서
못 가겠다고 성질을 부리기 시작한다.
상헌이의 막강 체력을 늘 자랑스럽게 생각하던 아빠는
갈 길이 먼데 약간 자극을 줄 필요가 있는 생각이 들었다.
그래서 짐짓 단호한 듯한 어조로 말했다.
"못 가면 할 수 없지!"

"버리고 가야지!"
이제 더 이상 군말 없이 따라오겠지 하고 기대하며
아빠는 상헌이의 얼굴을 흘긋 쳐다보았다.
그런데 상헌이가 그 자리에 갑자기 멈춰 서서
눈을 가늘게 치켜뜨고는
아빠를 똑바로 노려보는 게 아닌가!
쑥 내민 상헌이의 입에서 나지막하게 욕이 삐져나왔다.
"미친 아빠야!"
아빠는 눈이 휘둥그레졌다.
"너, 아빠한테 뭐라 그랬어?"
화가 머리끝까지 난 아빠는 걸음을 멈추고
천천히 상헌이에게 다가갔다.
그러자 침착한 어조로 둘째가 말했다.
"무슨 아빠가 아들을 버리냐?"
"……."
둘째 아들의 지극히 합리적인 자기변호에
아빠는 갑자기 할말을 잊어버렸다.
아빠는 주변을 둘러보았다.
그리고 벌을 내리기에 지나치게 적당한?
나뭇가지를 찾았다.
소나무 밑에 바짝 마른 가느다란 나뭇가지가 보였다.
엄숙한 목소리로 아빠의 판결이 내려졌다.
"손바닥 내밀어!"
상헌이는 천천히 손바닥을 위로하고 앞으로 내밀었다.
탁 하는 소리와 함께
상헌이의 손바닥에 부딪친 마른 나뭇가지는

여러 조각으로 부러져
가을 낙엽 위로 흩어지고
산상의 형 집행은 종료되었다.

그날 밤 잠자리에 누운 아빠는 잠이 오지 않았다.
"무슨 아빠가 아들을 버리냐?"
상헌이의 말이 계속 들려왔다.
아빠는 또 다른 미친 아빠가 생각났다.
눈물이 눈가를 타고 주루룩 흘러 베개에 떨어졌다.
그 아빠는 정말 아들을 버렸었다.
버림받은 그 아빠의 아들은 울부짖으며 소리쳤다.
"엘리 엘리 라마 사박다니!
나의 하나님 나의 하나님 어찌하여 나를 버리셨나이까?"

무서운 셋째

세 아이가 술래잡기를 하고 있었다.
큰아이 상하가 재빨리 화장실에 들어가
찰칵 하고 문을 채웠다.
둘째 상헌이는 마구마구 문을 두들겼다.
"빨리 나와!"
"싫어!"
아무리 아무리 상헌이가 문을 두드려도
상하는 문을 열지 않는다.
그때 네 살짜리 셋째 상훈이가 어디론가 가더니
길다란 국자를 들고 나타났다.
그리곤 긴 국자로 화장실 전기 스위치를 탁 하고 때렸다.
불이 꺼지자 상하는 일초도 못 견디고
화장실에서 튀어나왔다.

구세주

요즈음 들어 이상한 일이 생겼다.
두 살짜리 마르티즈 밍키가 슬슬 심술을 부리는 것이다.
전에는 그런 일이 없었는데…
온 가족이 밍키 혼자 두고 교회를 가거나
외출하느라 집을 비우던지
밖에 나가는데 같이 데리고 가지 않으면
방안 곳곳에 오줌을 싸 놓는 것이다.
그것도 침대나 이불 위에…
엄마 아빠가 교회 간 사이
오늘도 밍키가 일을 저질렀다.
안방 침대 위에 올라가 오줌을 싸 놓은 것이다.
그날따라 무척 피곤했던 엄마는 화가 잔뜩 났다.
드디어 엄마는 올 것이 온 것처럼 폭발하고 말았는데
이제는 더 이상 밍키를 키우지 못하겠다는 것이다.
세 아들을 키우는 것도 힘겨운데 이제는 더 못 참겠다며
한겨울 차가운 바깥으로 밍키를 내쫓겠다는 것이다.
엄마의 서슬에 주눅든 아이들은 눈치만 보고 있었다.
그러다 상하는 울먹이며 고개를 푹 숙였고
상헌이는 제 방에 뛰어들어가 침대에 엎드렸다.
밍키가 제일 따르는 아빠마저도 속수무책…

말없이 사태를 관망하고 있었다.

엄마는 밍키를 번쩍 들고는 현관 쪽으로 걸어갔다.

그때였다.

"안 돼~!" 하는 소리가 엄마의 서슬에

겨울 날씨처럼 얼어붙은 거실을 울렸다.

네 살짜리 막내 상훈이었다.

상훈이는 달려와 두 팔을 벌려 엄마의 앞을 가로막았다.

"저리 비켜!"

엄마가 소리치자 상훈이는 더욱 단호한 자세로

두 팔을 벌리며 소리쳤다.

"안 돼! 안 돼!"

갑작스런 저항에 깜짝 놀란 엄마는 그 자리에 멈춰 섰다.

아빠도, 상하, 상헌이도 놀란 눈으로

상훈이를 쳐다보았다.

잠깐 동안 흐른 정적을 깨고

상훈이는 얼른 엄마의 팔에서

밍키를 빼내어 자기 품에 안았다.

"이리 내놔."

엄마가 무섭게 소리치자

이 작은 구원자는 더욱 단호하게 외쳤다.

"싫어!"

상훈이는 고개를 좌우로 흔들며

밍키를 더 힘주어 안았다.

그때까지 가만히 보고 있던 아빠가 아들에게 다가갔다.

아빠는 제 몸집 만한 개를 끌어안고 있는

막내를 사랑스런 눈길로 내려다보았다.

"네가 제일 의리 있구나!"
아빠는 강아지를 받아 베란다에 내다 놓았다.
그리고 상훈이를 번쩍 안아 올려 품에 꼭 안았다.
아빠는 막내아들이 너무너무 자랑스러웠다.
상훈이를 안고 있는 아빠의 눈에 눈물이 가득 고였다.
깜짝 놀란 엄마가 아빠에게 다가오자
아빠는 엄마를 꼭 안았다.
아빠의 눈에서 굵은 눈물이 방울방울
엄마의 어깨 위로 떨어졌다.
아빠는 밍키를 내쫓으려는 화난 엄마 앞에
작은 두 팔을 벌리고 선 어린 셋째의 단호한 모습에서
하나님의 집에서 죄짓고 내어쫓기는 인간 앞에
십자가에 못 박혔던 두 팔을 벌려
아버지를 가로막는 예수님의 모습을 보았다.
아빠는 제 키 만한 강아지를 힘들게 안고 있는
막내아들의 모습 가운데서
죄 많은 우리 인생을 힘겹게 껴안으시는
구세주의 사랑을 본 것이다.

봄 냄새와 똥 냄새

따뜻한 봄날
엄마와 네 살 훈이는 그냥 있을 수가 없었다.
밖에 나서자 화사한 봄볕이
4월의 포근한 대기를 가득 채우고 있었다.
두 사람은 천천히 걸어 산으로 갔다.
언덕을 내려가 이웃 아파트 사이로 난
길을 걸어 산길로 접어들었다.
길 왼쪽은 군데군데 산소가 흩어져 있는 동산
길 오른쪽은 논밭이 저만치 펼쳐져 있었다.
숲이 가까워지자 엄마는 가슴이 시원해지는 것 같았다.
숨을 들이키며 엄마가 말했다.
"상훈아! 봄 냄새 맡자~아."
두 사람은 숨을 크게 들이쉬었다.
그런데 갑자기 코를 씰룩였다.
어디서 이상한 냄새가 났기 때문이었다.
살펴보니 근처의 밭에 뿌린 거름 냄새였다.
저녁에 아빠가 돌아왔을 때 훈이가 말했다.
"아빠~아! 나 오늘 봄 냄새 맡았다."
"으응? 봄 냄새?"
아빠는 훈이의 성숙한 말에 놀라 다시 물었다.

"훈아! 봄 냄새가 무슨 냄새야?"
그러자 훈이가 또렷하게 말했다.
"봄 냄새는 똥 냄새야."

"상훈아! 봄 냄새 맡자~아."
두 사람은 숨을 크게 들이쉬었다.
그런데 갑자기 코를 씰룩였다.
어디서 이상한 냄새가 났기 때문이었다.

피스메이커

벚꽃이 햇살처럼 화사한 봄날 오전
약수터에 물 길러 온 엄마와 네 살 훈이는
예쁜 벚꽃 주변에 날아온 벌들을 보았다.
"엄마! 벌들이 꾸머꼬^(꿀먹고) 있어!"
그때였다.
노랑나비 한 마리가 벚꽃으로 날아왔다.
그러자 상훈이가 벌들을 향해 소리쳤다.
"벌아! 나비하고 싸우지 말고 사이좋게 지내!"

석화촌의 바쁜 하나님

엄마는 꽃을 참 좋아한다.
평소에는 종이꽃을 만들고
봄날엔 꽃 보러 가자고 난리다.
아빠에게 같은 종류끼리는 서로 보고 싶어 한다나?
아빠가 차를 두고 출근한 사이
엄마는 네 살짜리 훈이를 태우고
근처의 석화촌으로 갔다.
석화촌은 영산홍과 산수유 같은 꽃이 한창이었다.
둘은 꽃을 감상하며 산 쪽으로 천천히 걸어 올라갔다.
길옆에 작은 꽃들이 많이 달린 하얀 꽃이 있었다.
"상훈아~! 너무 이쁘다.
작은 꽃들이 너무 많이 달려 있네!"
엄마는 교육상 또 한마디했다.
"훈아! 하나님이 다 만드신 거야!"
둘은 다시 걸었다.
비가 온 후라 그런지 여기저기 시든 꽃들도 많았다.
고개 숙인 꽃들을 보며 훈이가 말했다.
"다시 만들려면 하나님은 참 바쁘시겠네."

복수의 준비물

교회 가는 날 아침
온 가족은 이리저리 뛰며 준비로 부산하다.
"상하야! 가방 챙겨!"
"헌아! 빨리 양말 신어!
"딱지는 가져가지마!"
"여보! 훈이 옷 어디 있소!"
"상하야, 설교장 넣었니?"
"빨리 머리 빗어!"
"상하야, 먼저 내려가 시동 걸어!"
가까스로 준비를 마친 엄마 아빠는
문을 나서서 엘리베이터 버튼을 눌렀다.
그런데 뭘 찾는지 방에 들어간 막내
상훈이가 아직 나오질 않는다.
"상훈아~! 엘리베이터 왔다. 빨리 나왓!"
키를 현관문에 꽂은 채 엄마가 애타게 외쳤다.
드디어 나타난 네 살 상훈이
허리에 제 키의 삼분의 이는 됨직한
상헌이 형아의 장난감 칼을 차고 있었다.
아빠가 화난 목소리로 물었다.
"훈앗! 교회 가는데 칼은 왜 들고 가는 거야?"

그러자 훈이가 칼자루를 잡으며 비장하게 대답했다.
"교회 가며~은…."
"음~~! 어떤 형아가 자꾸 나 꼬집잖아!"

드디어 나타난 네 살 상훈이
허리에 제 키의 삼분의 이는 됨직한
상헌이 형아의 장난감 칼을 차고 있었다.
아빠가 화난 목소리로 물었다.

슬픈 자장가

엄마가 외출에서 돌아오니
그렇게 신신당부를 해 두었건만
상하와 상헌이가 수영 갈 시간인데도 집에 있는 것이다.
너무너무 화가 난 엄마는
왜 수영하러 안 갔느냐고
고래고래 소리지르며 야단쳤다.
"수영가방을… 못 찾아서…."
두 아들은 궁색한 변명을 해댔다.
쫓겨나듯 형아들이 수영장에 간 후 훈이는
"엄마! 잠이 와! 자장가 틀어 줘!" 풀썩 쓰러져 누웠다.
섬세한 네 살짜리 아들을 위해
엄마는 자장가를 틀어 주었다.
"엄마가 섬 그늘에 굴~ 따러~ 가면 아기가 혼자 남아…."
자장가의 슬픈 곡조가 조용히 방안을 채웠다.
갑자기 누워 있던 상훈이가 흐느끼기 시작했다.
"왜 그래? 훈아!"
잠투정한다고 생각한 엄마가 옆에 누워 훈이를 달랬다.
훈이가 흐느끼며 말했다.
"엄마…!
수영가방을 못 찾아서…

수영가방을 못 찾아서…
형아들이 혼났어.
참 슬프다.
엄마아! 형아들… 혼내지마."
엄마는 조금 전 일이 생각나 왈칵 눈물이 났다.
"엄마 왜 울어?"
이번엔 훈이가 물었다.
눈물을 감추며
엄마가 대답했다.
"으…웅! 자장가가… 너무 슬퍼서…!"

엄마아! 형아들… 혼내지마."
엄마는 조금 전 일이 생각나 왈칵 눈물이 났다.
"엄마 왜 울어?"
이번엔 훈이가 물었다.

토끼와 적들

네 살짜리 막내 상훈이는 유달리 귀가 크다.
사람들은 상훈이 귀를 부처님 귀라고 부르기도 한다.
그런 소릴 들을 때마다
아빠는 이렇게 반문하곤 한다.
"기독교 모태교인 귀가 왜 부처님 귀냐?"고
어느 날 상훈이가 보는 그림책에 예쁜 토끼가 나왔다.
상훈이는 엄마에게 토끼는 왜 이리 귀가 크냐고 물었다.
엄마는 토끼는 약하니까 적들이 나타나면 얼른 듣고
도망을 잘 갈 수 있도록 귀가 크다고 말해 주었다.
그러자 상훈이가 작은 손으로 큰 귀를 감싸며 말했다.
"엄마! 나도 적들이 나타나면 도망 자알 가겠네!"

사려 깊은 범인

화장실에 연수기를 달았다.
부산 사는 셋째 이모가 선물로 보내온 것이다.
연수기를 달면 물이 미끌미끌해지고 피부미용에도 좋단다.
그래서 그런지 엄마의 얼굴은 오늘따라 유난히 환하다.
드디어 간단한 설치 공사가 끝나고
기사 아저씨가 돌아간 후
엄마는 여분의 큼직한 필터 두 개를 비닐 팩에 넣어
서랍장 옆에 잘 놓아 두었다.
잠시 후 엄마는 필터 두 개가 비닐이 벗겨진 채
놓여 있는 것을 발견했다.
엄마는 필터를 다시 비닐 팩에 넣어 그 자리에 놓아 두었다.
다음날 두 개의 필터는 다시 비닐 밖에 나와 있었다.
엄마는 드디어 세 아들을 집합시켰다.
"누가 자꾸 필터를 꺼내 놓는 거얏?
이건 잃어버리면 안 된단 말이야!"
상하와 상헌이는 기분 나쁜 표정을 지으며 말했다.
"내가 안 그랬어!"
"내가 안 했단 말이야!"
그러자 네 살짜리 막내 훈이가 말했다.
"아니야! 쟤들이 더워서 열어 줘야 돼!"

늦게 일어나는 개구리

큰아들 상하는 잠꾸러기다.
4학년이 되었는데도 늦잠 자는 버릇은 여전하다.
학교에도 안 다니는 둘째 상헌이는 제일 먼저 일어나
온 식구들의 새벽 단잠을 다 깨우고 다니는데
큰아들 상하는 아무리 아무리 깨워도
일어나질 않는 것이다.
때로 아빠는 잠을 깨우기 위해
상하를 간지럽히기도 하고
어떤 때는 얼굴에 물을 뿌려 보기도 하지만
상하의 버릇은 여전하다.
때때로 일찍 일어난 셋째 상훈이도
큰 형아의 아침잠을 깨우는데 일조한다.
"형아 빨리 일어나!"
하고 상하의 얼굴을 막 흔들다가
한번씩 화난 형아에게 일격을 맞기도 한다.
어느 날 엄마는 동화의 개구리 이야기를 하고 있었다.
"개구리는 아침에 일찍 일어나 개굴개굴 노래하지요?"
그러자 네 살 훈이가 입을 쭉 내며 진지하게 대답했다.
"아니야아! 형아 개구리는 늦게 일어나!"

평화유지군

상하와 상헌이가 싸우고 있었다.
형아에게 겁도 없이 대드는 둘째 상헌이.
짧은 팔을 막 휘두른다.
상하는 긴 팔을 뻗어 견제하고는
가끔씩 스트레이트를 날린다.
몸을 날려 덤벼드는 상헌이 드디어 이빨을 사용한다.
잠시 어깨를 물린 상하는 이내 반격에 나선다.
이때 이들의 싸움을 지켜보던 막내아들이
어디론가 달려간다.
잠시 후 돌아온 네 살짜리의 손에는
모두가 겁내는 회초리가 들려 있었다.
상훈이는 재빨리 회초리를 엄마에게 건네준다.
갑자기 싸움 끝!

소나무와 잡초

새로운 곳에 이사올 때마다 엄마가 제일 먼저 하는 일은
가족에게 신선한 물을 공급하기 위해
약수터를 찾는 것이다.
오남리로 이사 온 후 엄마의 탐험정신은
일찌감치 약수터를 개척했고
마치 오아시스를 발견한 양
아빠가 퇴근하기 무섭게 그 전과를 보고했다.
전리품인 약수 한 컵과
운동기구랑 멋진 근육질의 할아버지 이야기를…

아파트 쓰레기장 옆 철망에 뚫린 구멍(개구멍)으로 나가
경사진 밭길을 따라 올라가면 숲이 나오고
숲을 지나면 제법 운동기구들을 갖춘 약수터가 나온다.
늦가을 약수터에는
물 길러 온 사람들과 등산하러 온 사람들
그리고 운동하러 온 사람들의 발길이 끊이지 않았다.

네 살 훈이는 아빠가 출근하고 나서
엄마와 함께 약수터로 갔다.
병아리처럼 엄마에게 물을 받아 마신 후

훈이는 운동기구 근처로 가서
평행봉을 능숙하게 오르내리는
근육질 할아버지를 놀란 눈으로 바라보았다.
할아버지의 다부진 근육과 벗겨진 머리가
아침 햇살에 번들거렸다.
이리저리 두리번거리던 훈이의 눈에
주변의 나무들과는 떨어져 혼자 서 있는
소나무가 보였다.
훈이는 천천히 다가가 소나무의 거친 몸통을
작은 손으로 쓰다듬어 주었다.
어느 틈에 와서 훈이 뒤에 서 있던 엄마가 말했다.
"훈아! 소나무가 참 외롭겠다."
훈이가 뒤돌아보며 아침 같은 미소를 지었다.
"아니야! 얘가 있잖아!"
엄마는 훈이의 손가락 끝을 따라 땅바닥을 보았다.
가을 바람에 꼬마 잡초가
소나무 밑동을 쓰다듬고 있었다.

은행나무를 위한 기도

목요일 아침
엄마와 훈이는 사능교회 장수대학에 갔다.
장수대학을 마치고
혜수 엄마를 본 훈이는
혜수 누나 집에 가서 자겠다고 엄마를 졸랐다.
사능에 살 때 훈이는 가끔씩
혜수 누나 집에 가서 자곤 했다.
엄마의 외박 허락을 얻어
훈이는 혜수 엄마의 손을 잡고
평소 좋아하는 혜수 누나의 집으로 갔다.
예쁜 혜수 누나는 훈이보다 두 살 많은 여섯 살이지만
훈이와는 너무너무 사이좋게 지내는 사이.
그런데 그날 혜수 누나는 파리한 얼굴로 누워 있었다.
감기가 심해 폐렴이 된 것이다.
저녁에 훈이는 누나를 위해 기도드렸다.

다음날 금요일, 장수대학 방학식을 마치고
오후에 롯데백화점에서 하는 동화구연교실까지는
시간이 많이 남아
엄마는 훈이를 데리고

근처의 김 집사님네 아파트로 놀러갔다.
아파트 단지의 겨울은
주변에 심어져 있는 작고 어린 은행나무들을
더욱 앙상하게 만들고 있었다.
집사님 집에서 한참 놀다 엄마는 깜짝 놀랐다.
백화점 가는 차시간이 다된 것이다.
엄마와 훈이는 서둘러 집사님 집을 나왔다.
입구에서 갑자기 훈이가 걸음을 멈췄다.
"훈아! 빨리 가자! 차 놓쳐!"
훈이는 입구에 있는 은행나무를 가리켰다.
거기에는 혜수 누나처럼 작은 은행나무가
가지가 부러진 채 서 있었다.
"엄마! 가지가 뿌러졌어!
엄마! 우리 기도하자!"
갑자기 엄마는 훈이의 말을 거절할 수 없었다.
아파트 입구에서 훈이는 기도했다.
"하나님! 나무가 뿌러졌습니다. 고쳐 주세요!"

그날 엄마와 훈이는 백화점 가는 버스를 놓쳤다.

외로운 민들레

엄마와 상훈이는 약수터로 산책을 간다.
금강아파트를 지나 약수터로 난 길을 꼬불꼬불 걸어
상훈이는 엄마를 잘도 따라간다.
드디어 포장도로가 끝나고
공기도 상큼한 산길로 접어든다.
이른 봄 노란 민들레가 산길가에 한 송이 피어 있었다.
상훈이가 민들레를 보며 말했다.
"엄마, 민들레가 호자(혼자) 있어!
호자(혼자) 있으면 외롭잖아!"
엄마가 미소 띠며 물었다.
"그럼 어떡하지?"
상훈이가 주저 없이 말했다.
"친구들이 와서 놀아 줘야지!"

철학자의 셋째 아들

엄마는 요즈음 집 앞에 있는
국술원에서 무술을 연마하고 있다.
주로 호신술과 쌍절곤을 배우는데
근래에는 쌍절곤을 휘두르는 솜씨가
꽤나 잘한다며 아빠를 능가한다.
때로는 아빠가 퇴근해서 오면
그날 배운 쌍절곤 테크닉을 전수해 주기도 한다.

월요일
아침운동을 마치고 온 엄마는
밀린 일들을 하느라 바쁘다.
빨래도 하고 점심 준비하기 전에 설거지, 집안청소
아이들 책상과 장난감 정리, 쓰레기 분리수거까지
엄마는 일을 꽤나 동시다발적으로 하는 편이다.
일찍 일어난 데다 아침운동을 한 탓인지
엄마는 약간 피곤했다.

현관에는 커다란 쓰레기 봉지가 두 개나 놓여 있다.
엄마는 현관 쪽을 쳐다볼 때마다
"쓰레기도 버려야 하는데…." 하고 중얼거린다.

형아들이 모두 학교간 터라
오늘도 훈이는 엄마와 시간을 보낸다.
쓰레기 봉지를 보며 엄마는
피곤기 배어 있는 목소리로 말했다.
"훈아! 너… 쓰레기… 못 버리겠지…?"
그렇게 말해 놓고는 이내
"아니야, 그냥 둬!" 하고는 포기하고 만다.
'다섯 살짜리가… 어떻게…?' 하는 생각이 들어서였다.
엄마는 다시 일하기 시작했다.
세탁기에 빨래 돌려놓고, 설거지를 마치고
방 청소를 하려고 거실로 나왔다.
그런데 훈이가 어디 있는지 보이지 않는다.
"훈아! 훈아~!"
이 방 저 방 다니며 불러도 대답이 없다.
갑자기 엄마는 현관 쪽을 바라보았다.
현관에 놓여 있던 커다란 쓰레기 봉지
두 개가 보이지 않는 것이다.
엄마는 깜짝 놀랐다.
그리고 뒷베란다로 달려갔다.
창을 열어 젖히고 쓰레기장 가는 길을 내려다보았다.
11층의 아득한 아래쪽에 훈이가 있었다.
다섯 살짜리에게 너무나 커 보이는
두 개의 쓰레기 봉지를 들고…
훈이는 몇 발자국 떼고는 봉지를 땅에 놓았다가
또 들고는 몇 발자국을 떼고 또 쉬는 것이다.
엄마는 안타까워 죽을 지경이었다.

"어떻게! 어떻게!
저 작은 손으로 얼마나 힘들고 팔이 아플까!"
엄마는 발을 동동 굴렀다.
갑자기 빵빵거리는 소리가 나고
봉고차 한 대가 다가왔다.
훈이는 얼른 쓰레기 봉지를 든 채
뒤뚱뒤뚱 옆으로 피했다.
그리고 차가 지나가자
다시 무거운 봉지를 들고 몇 걸음을 옮겼다.
더 이상 견딜 수 없어 엄마는 현관문을 열고 달려나가
급하게 엘리베이터 버튼을 눌렀다.
엘리베이터는 왜 그리도 느린지
엄마는 타자마자 1층을 눌렀다.
그런데 이게 어찌된 일인가?
엘리베이터가 위로 올라가는 것이다.
엄마는 엘리베이터 안에서
그 작은 팔에 커다란 쓰레기 봉지 두 개를 들고
힘들게 걸어가고 있는 훈이의 모습이 떠올라
어쩔 줄을 몰랐다.
19층까지 긴 여행을 마친 엘리베이터가
1층에서 마침내 열렸을 때
엄마는 단거리선수처럼 아파트 뒷길로 달려나갔다.
재활용 쓰레기장을 지났을 때
벌써 쓰레기를 버린 훈이가 맞은편에서 오고 있었다.
엄마는 달려가 훈이를 꼭 안았다.
그리고 훈이의 작은 팔을 어루만지며 말했다.

"우리 애기! 팔 아프지!"
훈이는 반쯤 썩은 앞니를 활짝 드러내며 웃었다.
"아니 괜찮아!"
"내가 엄마 도와줄려고 그랬어."
그날 저녁 늦게 돌아온 아빠에게
엄마가 말해 주었다.
낮에 훈이가 어떻게 엄마를 도와줬는지
뒷베란다 창문으로 훈이를 내려다보며
얼마나 얼마나 마음 졸였는지를
아빠는 잠들어 있는 셋째에게 다가가 그 옆에 앉았다.
그리고 셋째의 작은 손을
오래도록 뺨에 꼬옥 대고 있었다.
이윽고 아빠는 일어나 엄마를 돌아보며
눈을 반쯤 감은 채 말했다.
"인생의 무거운 쓰레기 봉지를 힘겹게 들고
고달픈 삶을 걸어가는 우리 인생을
하나님 아버지는 얼마나 애태우며 내려다보실까…!"

훈이는 그날 밤 부부 철학자의 셋째 아들이 되었다.

타이타닉과 배트맨

테레비에서 영화 타이타닉을 했다.
다섯 살인 셋째 훈이는 낮잠을 잔 탓인지
형아들은 이미 골아떨어졌는데도
말똥말똥한 눈으로 영화를 보고 있었다.
이윽고 빙산과 충돌한
거대한 타이타닉의 선체가 두 동강나고
잠시 동안 밤하늘을 향해 선미를 세웠던 타이타닉호는
아우성치는 많은 사람들을 태운 채
차가운 대서양으로 빨려들어가 자취를 감추었다.
슬픈 주제가가 흐르며 영화가 끝나자
훈이는 안타까운 눈을 여전히 화면에 고정시킨 채
독백하듯 말했다.
"나 커면 배트맨 될 꺼야!
그래가지고… 사람들 구해 줄 꺼야!"

광우병의 정의

온 가족이 함께 롯데백화점 옥상에서
열리는 영화축제에 갔다.
상하, 상헌, 상훈이는 〈아름다운 세상을 위하여〉라는
정말 아름다운 영화를 보았다.
'어떻게 하면 세상을 바꿀 수 있는가?'
라는 사회 숙제를 하다가
한 소년이 세상을 변화시킬 멋진
아이디어를 생각해 냈다.
세 사람에게 착한 일을 해 주고
그 세 사람은 각각 또 다른 세 사람에게
착한 일을 해 준다.
그래서 그 수가 점점 불어나면
결국은 온 세상이 바뀐다는 것이다.
소년은 그 생각을 실천에 옮기고
착한 일은 온누리에 점점 퍼져 나갔다.
그러나 소년은 마지막 착한 일을 하다가
불량한 친구의 칼에 찔려서 짧은 생을 끝내고 만다.
다섯 살 훈이는 아빠에게 꼭 안겨
한순간도 졸지 않고 화면만 바라보고 있었다.
"아빠! 쟤가 칼에 찔려 주겄서^(죽었어)… 슬프다."

아빠는 자막도 읽을 줄 모르면서 끝까지 영화를 보고
감상까지 말하는 셋째가 너무너무 대견했다.

영화가 끝나고 엄마는 백화점에서 사 온 햄버거를
상하, 상헌, 상훈이에게 나누어 주었다.
그러나 모두들 영화의 아름답고 안타까운
여운 때문인지 배고프지 않단다.
차를 타고 집으로 가는 도중에
훈이가 햄버거 생각이 났는지 말했다.
"엄마! 내 햄버거는?"
"가방에 있어."
엄마가 대답했다.
훈이는 가방에서 얼른 햄버거를 꺼내다 말고
"어!… 근데…."
하고 망설이며 말했다.
"테레비에서 봤는데… 음… 소가…
햄버거하고 치킨 먹고… 미친 소 됐어."

어려운 설득

금요일 오후
엄마는 고향인 부산에 다니러 가고 집엔 아무도 없다.
이번 달 저녁예배 시무집사인 아빠는
일찌감치 저녁 먹는 것이 좋겠다고 생각하고
오랜만에 세 아들에게 한턱 쏘기로 했다.
토론에 의해서, 그렇지만 다수결의 횡포에 밀려
저녁 메뉴는 피자, 디저트는
베스킨라벤스 아이스크림으로 결정되었다.
아빠와 세 아들은 가까운 롯데백화점으로 갔고
잠시 후 만족히 먹은 배를 두드리며 교회로 갔다.

예배를 마치고 다섯 살 훈이는 뭔가 요구 사항이 있는지
아빠 손을 끌어당기며 보챈다.
"아빠! 나 세원이 집에 갈 거야?"
마침 옆에는 세원이 할머니가 서 계셨다.
마침 잘됐다고 생각한 아빠는 큰소리로
"훈아! 세원이 할머니께 말씀드려 보자~아!"
아빠는 세원이 할머니의
고도의 아이 달래기 테크닉을 기대하며 외쳤다.
그런데 이게 웬일인가!

할머니 말씀이
"오늘 상훈이 우리 집에서 재우세요.
우리 세원이하고 얼마나 잘 노는지!"
예상 외의 대답에 아빠는 머뭇거리며 말했다.
"아! 예…!"

다음날 아침, 교회에서 엄마를 만난 상훈이
평소처럼 달려와 안기지도 않고
천천히 다가와서는 어른스럽게 묻는다.
"엄마! 나… 세원이 집에서 살면 안 돼?"
엄마는 의외의 질문에 약간 당황하면서 말했다.
"으응…! 그래도 되는데…
훈이가 너무 보고 싶고 엄마가 외로워서 어떡하지?"
막내아들은 엄마를 물끄러미 올려다보며
진지하게 말했다.
"괜찮아! 엄마는… 아빠가 있잖아!"

구호품

목요일 저녁
아빠는 늦게 집에 돌아왔다.
다섯 살 상훈이가 아직 자지 않고 있다가
문소리를 듣고 달려나와 펄쩍 뛰어 아빠의 목에 매달린다.
셋째 아들을 꼭 안아 준 아빠는 부엌으로 가서
물을 한잔 들이켰다.
깨끗이 치워진 식탁 위에는
맛있어 보이는 파이가 한 봉지 놓여 있었다.
훈이가 말했다.
"이거 아빠 배고플 때 먹으라고 내가 산 거야!"
낮에 엄마랑 빵집에 갔는데 훈이가 고른 빵이란다.
아빠는 흐뭇한 마음으로 잠자리에 들었다.

다음날 금요일
아빠는 무척 바빴다.
옆방의 홍 목사님이 미국 가시면서
원고 교정을 부탁하신 것이다.
미국에서 설교하실 영어 원고를 잉그램 아저씨에게
교정받고 수정해서 아빠의 홈페이지에 올려놓으면
미국에서 홍 목사님이 다운받아

영어로 설교하시기로 한 것이다.
저녁에 교회 가기 전에 끝내야 하는데 아빠는 초조했다.
점심도 먹지 못하고 아빠는 저녁이 되어서야
겨우 수정을 끝냈다.
지치고 허기진 아빠는 힘없이 냉장고 문을 열었다.
냉장고는 텅 비어 있었다.
맥빠진 아빠는 가방을 열고 힘없이 성경을 챙겨 넣었다.
그런데 가방 속에서 뭔가 봉지 같은 것이
성경에 걸려 부스럭거렸다.
아빠는 다시 성경을 꺼내고 가방 밑에 있는 봉지를 꺼냈다.
투명한 비닐봉지 속에
먹음직한 파이가 네 개나 들어 있었다.
"이게 웬 파이? 누가 이걸…?"
아빠는 갑자기 어젯밤 훈이의 말이 생각났다.
"이거 아빠 배고플 때 먹으라고 내가 산 거야!"
훈이가 아무도 모르게 아빠 가방 속에 넣어 놓은 것이다.
아빠는 두 손으로 파이 봉지를 들고 입을 맞추었다.
그리고 봉지를 열어 셋째 아들의 구호품을 꺼냈다.
두 개를 먹자 다시 힘이 났다.
아빠는 남은 두 개의 파이를
소중하게 다시 봉지에 싸서 가방에 넣었다.

그날 저녁 집에 돌아온 아빠는
허기진 아빠를 구해 준 셋째 천사를
오래오래 꼬옥 안아 주었다.

제일 높은 분

교회 가는 날 아침
본래 부산한 시간이지만 오늘은 더욱 특별하다.
그것은 전 세계 교회를 책임지고 계신
대총회장 얀 폴슨 목사님이 우리나라를 방문하셨는데
오늘 우리 대학교회에서
설교를 하시기로 되어 있기 때문이다.
그래서 그런지 오늘따라 아빠는
유난히 더 온 가족을 재촉한다.
"얘들아 뭐해! 빨리빨리 서둘러!"
"상하야! 설교장 넣었니?"
"상헌이! 성경 챙겼어?"
"상훈이! 빨리 옷 입엇!"
그리곤 아이들에 힘주어 힘주어 말했다.
"오늘은 절대로 교회 늦으면 안 돼!"
"왜? 아빠!"
여섯 살 상훈이가 눈을 동그랗게 뜨며 물었다.
아빠는 분명히 알아들으라는 듯이
막내아들을 검지손가락으로 가리키며 똑똑히 말했다.
"훈아! 오늘은 우리 교회에서 제~일 높은 분이 오셔."
"제일 높은 분????"

118

훈이는 갑자기 눈이 휘둥그레지며 다시 물었다.
"그럼… 예수님이 오셔?"

"애들아 뭐해! 빨리빨리 서둘러!"
"상하야! 설교장 넣었니?"
"상헌이! 성경 챙겼어?"
"상훈이! 빨리 옷 입엇!"
그리곤 아이들에 힘주어 힘주어 말했다.
"오늘은 절대로 교회 늦으면 안 돼!"
"왜? 아빠!"

작은 엘리야

오남리에서 사능으로 다시 이사를 왔다.
이사 오는 아침부터 내리던 비는
주말이 되자 점점 더 세차게 내렸다.
뉴스에서는 37년 만에 가장 많은 비가 내렸다며
여기저기서 일어난 사고 소식을 전했다.
엄마는 주말농장에 심어 놓은 상추가
다 비에 녹았다고 했다.
저녁에 잠시 비가 그쳤을 때, 아빠는 상헌이에게
전에 다녔던 검도도장에 다시 등록하러 가자고 했다.
여덟 살 상헌이와 다섯 살 상훈이는 아빠의 손을 잡고
여러 개의 물구덩이를 지나 도장으로 갔다.
등록을 마치고 집으로 오는 길에 교회 앞을 지날 때였다.
갑자기 훈이가 아빠 손을 놓고 걸음을 멈추었다.
그리고 고개를 뒤로 젖히고는
먹구름 낀 밤하늘을 바라보며 잠시 서 있었다.
"훈아! 뭐해?" 이상하게 여긴 아빠가 묻자 마자
갑자기 훈이는 하늘을 향해 큰 소리를 질렀다.
"하나님! 하나님! 하나니~임! 하나니~~임!
비 좀 그만 오게 해 주세요~오!
상추가 녹아서 다 죽었잖아요~오!"